上野不忍池

[日] 黑孩 著

四川文艺出版社

图书在版编目（CIP）数据

上野不忍池／（日）黑孩著.— 成都：四川文艺出版社，2021.7
ISBN 978-7-5411-6010-3

Ⅰ.①上… Ⅱ.①黑… Ⅲ.①长篇小说—日本—现代
Ⅳ.①I313.45

中国版本图书馆CIP数据核字（2021）第102054号

SHANGYEBURENCHI
上野不忍池
［日］黑 孩

出 品 人	张庆宁
责任编辑	梁康伟
封面设计	叶 茂
内文设计	史小燕
责任校对	文 雯
责任印制	崔 娜

出版发行	四川文艺出版社（成都市槐树街2号）
网　　址	www.scwys.com
电　　话	028-86259287（发行部）　028-86259303（编辑部）
传　　真	028-86259306
邮购地址	成都市槐树街2号四川文艺出版社邮购部　610031
排　　版	四川胜翔数码印务设计有限公司
印　　刷	成都东江印务有限公司
成品尺寸	130mm×185mm　　开　本　32开
印　　张	7.25　　字　数　130千
版　　次	2021年7月第一版　　印　次　2021年7月第一次印刷
书　　号	ISBN 978-7-5411-6010-3
定　　价	48.00元

版权所有·侵权必究。如有质量问题，请与出版社联系更换。028-86259301

上野不忍池

目录

1. 日本的第一夜 *1*
2. 初见翔哥 *8*
3. 信天游 *12*
4. 中华街是袖珍中国 *17*
5. 我是一个精神恋爱者 *28*
6. 初见情人旅馆 *34*
7. 鳄鱼牌衬衫 *46*
8. 初恋初夜初吻 *58*
9. 梯子酒 *66*
10. 亚洲的缩影 *67*
11. 撼不动的大树 *71*
12. 初玩扒金库 *75*
13. 失神 *82*
14. 红日子 *87*
15. 桥本对我有那个意思 *100*
16. 一日间的两次奇遇 *105*
17. 人生就是沙漠旅行 *108*
18. 自家水是最好的补药 *115*
19. 落花与流水 *118*
20. 雨季 *128*

21．第一次想好好照顾自己 *134*

22．与零儿的再见与永别 *142*

23．不是你的就不是你的 *151*

24．尺八 *153*

25．我像帆船漂向远方 *157*

26．樱花茶 *163*

27．隔墙有眼有耳 *167*

28．初去翔哥家 *171*

29．就职 *177*

30．人间革命 *182*

31．插曲 *192*

32．是死是活总得试试看 *197*

33．哥哥来日本了 *200*

34．相信爱情的女人是傻瓜 *205*

35．崩溃 *209*

36．那么拼命干什么 *212*

37．在不忍池不忍分手 *215*

38．爱,但是终结了 *221*

1. 日本的第一夜

从纲岛乘东急东横线，不用换车，五十分钟就到了东京的池袋。跟连金约见面的时候，他一再地嘱咐我说："你第一次到东京，千万不要出站台，下了车，在月台上等我们就行了。不见不散。"

是房东胜见美子帮我查的路线，她也嘱咐我说："如果听不懂日语，你就看汉字。看不到汉字就数数。一共有十站，电车停第十次的时候你就下车。"

跟连金相识，纯粹是偶然的机遇。因为一直没有找到工作，不去学校的日子，我会到外边瞎转悠。那天我去镰仓，一下车就看见了那家画廊。说真的，我不懂画，进画廊纯粹是为了打发时间，也因为海报上介绍的画家是中国人，还是位女性。我现在想不起女画家的姓，只记得最后边的名字是"华"。画廊里灯光温柔，三四个人在看画，窗前的沙发上坐着一个男人。我看了几分钟画，想走的时候，女画家让我坐下来喝一杯茶。我坐到男人的对面。其实，看他的第一眼，我就感觉到他跟我一样是中国人。女画家问我喝热茶还是喝冷茶。我说喝热茶。她去冲茶的时候，男人问我："你也是中国人吗？"

我说是。他看起来很高兴，说女画家的丈夫是他的好朋友，还说女画家有才气，很喜欢她的画。我想因为我也是中国人，他才会自来熟，跟我说了这么多话。女画家端茶过来的时候，他已经做完了自我介绍。他姓赖，叫连金，从台北来日本，现在在一家华文报社当记者。然后他问我来日本有多久了，是学生还是已经工作了。我说我是从北京来日本的，来了还不到一个月，是留学生，正在找工作。开始，他好像不明白，我就解释说，我需要交学费，一定得半工半读。话都说到这个程度了，我干脆把跑了一百多家都没有结果的找工经历也说了一遍，只是描述得有点儿像闯江湖。他对我说："你这么年轻，日本好多中国饭店，找个端盘子的工作应该不太难。"我说我在日本连一个朋友都没有，不知道端盘子的工作应该怎么找。他一边听一边点头，然后问我能不能告诉他我的电话号码，因为也许能够帮我的忙。我还没有买手机，就给了他房东家的电话号码。我非常高兴，觉得认识他有可能是我的运气。

从画廊里出来，我去看了镰仓大佛。不过我没想到佛像会那么大，举了半天的头，脖子都累酸了。

3

说到运气,我自觉得还算不错。乘上飞往日本的飞机,我觉得曾经拥有过的世界,在起飞的刹那间就荡然无存了。在日本的日子,也许只能靠我的运气了。我一直喜欢坐在飞机里看到的天空的景色,蓝的天,白云轻飘飘的,像浮游的棉花,像棉花糖。时间在飞逝,而我当时的心情却是希望飞机能够一直地飞下去,不停歇,不要抵达日本。后来我跟很多人说起这一刻的心境。原因是我不知道下了飞机以后,有没有人来机场接我,大学会不会给我安排宿舍,工作能不能尽快找到。我非常非常害怕。每次我说到这里,听的人都会感叹地说:"你真有勇气。"或者说:"你的胆子真大。"

但"天无绝人之路"。大学教授还是安排了一位叫雅子的学生到机场接我。雅子其实是中国人,因为跟日本人结婚,归化了日本,所以有了一个听起来像日本人的名字。我没有想到的是,她直接把我带到了横滨国际酒店。一进酒店的大门,我就问她住一个晚上要多少钱,她朝我笑笑说:"一万八千日元。"我吓了一跳,问她要在酒店住几天,她淡淡地回答说:"住到你租房子为止,至少也要一个月吧。"

我的嗓子立刻就哑了。

来日本前,我一共准备了一万美金,按照当时的比价,相当于一百万日元。那么,用一百万除以一万八,我想我可以在日本待二十天左右。雅子在柜台跟服务员说话,但是我听不懂。不久,她带着我跟在服务员的后边去房间。在电梯里,我问她学校给不给我介绍工作。她说工作要自己找,但不太容易找到。我"嗯"了一声,她接着说:"即使你有好运,大概也要等几个月的时间。"我问为什么要等这么久,她反问我:"你会说日语吗?"我说我自学过日语,会读会写,但是不会说。她问为什么。我开玩笑地说:"教我的是书本。书本是哑巴老师。"她笑了,然后让我先学着说几句日语再去找工作。

在日本的第一夜根本睡不着。不安和紧张,以及疲劳充满了我的身体和大脑。听起来,横滨国际酒店是一个很气派的名字,但房间小得只有六叠榻榻米那么大。房间里只有一张单人床、一个床头柜和一个写字台。写字台上有电视机和电话。我的情绪乱糟糟的,决定到酒店的外面走一走,同时又觉得害怕,但是越害怕越是感到兴奋,因为横滨这个刚刚光临的城市里,有太多令我纷乱的想象。

不知道从什么时候开始下起雨的,道路湿漉漉的,来来往往的人都撑着雨伞。我一直喜欢在小雨中散步,喜欢雨滴如泣如诉般落在肌肤上的感觉。既然雨并不大,我干脆连伞都不用了。霓虹灯在雨中闪烁。偶尔有风吹来，飘飘的雨使我想起摇曳的树枝树叶。有一阵，我觉得非常孤单，想给国内的什么人打电话，想跟什么人聊聊天。

觉得肚子饿了的时候，我进了一家餐馆。女服务员跟我说什么，我根本听不懂，默默地跟着她穿过几张饭桌。她站住了，伸手指着一个座位。我想她是让我坐吧。好在餐馆里的菜单都是汉字，还配有鲜明的照片，所以我只要用手指头点一下就可以点菜了。有一道菜看起来很像小时候妈妈做的煎饼，就点了那道菜。餐厅并不大，摆着七八张桌子而已。天井跟四壁一样，都是木头的模样。不久，煎饼被放在我的眼前，我开始默默地吃。身边的客人在叽叽喳喳地说着什么，听起来觉得闹心。煎饼很好吃，但是说不出是什么滋味。交完钱离开餐馆的时候，女服务员又跟我说了句什么，我很难为情地站着。过了一会儿，也许是她看我站着不动，开始跟我摆手。这一次我懂了，知道她是在跟我说再见。我觉得她的眼睛很大，笑起来也很好看。但出餐馆大门的时候，不知道为什么我觉得有点儿不自在。

唯一能够打发时间的只有写字台上的那台电视机。我打开电视，电视里放映的是什么节目，因为无心记，现在已经想不起来了。遥控器上"有料"两个字，因为是红色的，看起来特别显眼。我一直握着遥控器，几次想按那两个字，但又犹豫着放弃了。我想我是个女生，结账的时候万一……一想到万一我就泄气了。

大约过了一个小时，我还是睡不着，听不懂什么意思的电视节目使我觉得无聊。床头有一个很小的冰柜，打开发现里面有啤酒。我喝了一罐啤酒，是一口气喝下去的。于是血液开始往脑子里冲。这时候我对自己说，要么就是看，要么就是不看。最终我抓起了遥控器，快速地用手指按下"有料"两个字，屏幕上立刻换成了男女二人在床上的戏。

虽然我曾经看过很多毛片，但是与西方完全不同的日本的版本，还是以新鲜吸引了我。几乎都是高中女生，十几岁的样子，身体很美，那种青春的美，只是还不懂得做爱，不懂得放荡。或许这些女中学生们的脑子里正想着钱，她们看上去毫无感觉，木偶娃娃般将她们与生俱来的青春和美在被玩弄的过程中展现出来。我有些迷惑，日本怎么允许未成年的少女拍这种三级片呢？

尽管我有一点点儿心痛，但是残缺甚至是变态的性的覆盖还是安慰了我。城市在雨的湿润中，我在热水般的湿润中。无论日后我在日本的运气如何，日本的初夜是娱乐的、新鲜的。此时此刻的我是兴奋的。我忽然觉得自飞机起飞时便困扰着我的不安、孤独以及悲伤,都不过是一种临时的夸张。通向新的人生的小路刚刚在我的脚下展开。我才二十多岁,风华正茂。

雅子真是个好人,她只让我在旅馆住了一个晚上,就把我带到她自己的家里住了。过了一个星期,一位叫李日升的中国留学生,说他认识日本国际理解教育学会的会长,而这位叫胜见美子的会长,听说我没有地方住,愿意让我暂时住到她家里去。李日升说:"你也不能白住。象征性地给几个房费吧。"他带我去了胜见美子的家。一开始,胜见美子说不要我的房租,但是我不肯,有时候欠人家的情比欠人家的钱更令我觉得不舒服。说什么我都坚持每月交三万日元的房费,胜见美子就答应了。用一百除三,我想我可以在日本待几年了。

李日升带我离开雅子家去胜见美子家时,雅子跟我解释,说安排我住横滨国际酒店并不是她的错。她说是教授让她安排的。教授还告诉她,我在国内是作家,赚了很多稿费,不在乎酒店那几个钱。我说国内几本书的稿费,拿到日本花的话,根本不成比例。她说她当然知道。其实她曾经想过要给我安排一家便宜点儿的地方,但她以为是我自己跟教授吹牛,所以故意"教训"了我。最后,她突然对我说:"有一点我没有想到,你一个女孩子,竟然会花钱看毛片。

说真的,我帮你结账的时候都觉得丢人。"

雅子之后是李日升和胜见美子,之后是连金,真的是天无绝人之路。

连金真的打电话到胜见美子家找我,说他在横滨有一位朋友,也是中国人,叫维翔,能帮我介绍一份工作。他约我两天后的下午五点在JR线池袋站的月台上见面。

2. 初见翔哥

就像是要我牢牢记住维翔似的,没想到见他的第一面,竟让我在月台上等了一个多小时。更没有想到的是,连金将我亲手交给了维翔以后,人间蒸发般地从我的生活中消逝掉,永无再见。

约好了五点见面,已经快六点了,连金和他的朋友还是没有出现。我也不能擅自离开,因为跟连金说好了"不见不散"。山手线的电车一辆接着一辆地停在面前,人流拥下来挤进去,就是没有连金的身影。不久,天开始暗下来,还下起了小雨。我穿了一件紫色的风衣,风衣下只有一件毛衣,觉得非常冷。有几次我想走了算了,但好不容易出现了一个能为我介绍工作的人，就当是"好事多磨"吧。

连金向我跑来的时候，我正好到了崩溃的边缘，差一点儿就要哭出来了。连金也穿了一件风衣，是米黄色的。"原来你真的等在月台上啊。"连金一边说，一边扯着我的胳膊向出口走。不等我做解释，他接着说："多亏了维翔，是他想到你有可能在月台上等我们，让我来月台上找你的。你知道吗？我们在检票口那里等了你一个小时。"我说我在月台上也等了一个小时。连金说："时间不早了，我们跑两步吧。"他开始跑起来，我跟着他跑，从这个时候起，身边的一切我都感觉不到了，迷迷糊糊地出了检票口。

连金指着一个高大的男人对我说："他就是我朋友维翔。"

我的心里划过了一丝亮光，觉得喜欢他。我一向喜欢高个子、目光冷漠、神情自若的男人，喜欢屁股性感的男人，喜欢牙齿雪白而整齐的男人。正像妈妈对我的评价："你这个人比较好色。"疲劳一扫而光。然后连金指着我对维翔说："这就是我说的秋。"维翔朝我点了一下头，说要请我和连金去一家四川餐厅吃饭。我肚子早就饿了，马上就同意了。

维翔走在连金的身边，我走在他身边。天更加黑了。本来我是觉得冷的，但这时却脱下了风衣搭在手臂上。我看见连金跟维翔说了句什么话,但是没有听清。这时候,维翔放慢了脚步,侧过头问我累不累。我说不累。对我来说,池袋是新鲜的,维翔是新鲜的,要去的餐厅也是新鲜的。不管怎么说,这是我第一次去海外的中国餐厅吃饭。不过,池袋的夜晚跟横滨没什么两样,到处都是人,到处都是饭店,灯火辉煌。高楼墙壁上的大电视里正在播放手表的广告,流出来的音乐好像在空气里颤抖。有一刻,维翔走到比我跟连金前一点的地方,他的一头鬈发不知是不是烫的。他穿了一件银灰色的西装。我忽然有点儿亢奋,甚至能听见自己的心脏在一上一下地跳。

　　维翔说他姓李,老家是山东。我叫了他一声"李先生",然后说我的老家也是山东。他说他并没有去过山东,他爸爸在山东出生,在天津长大,而他自己在台北出生。我说虽然我去过山东的几个城市,但只待了几天。他说我们可以算是半个老乡了,不如不要称他"李先生",就叫"翔哥"好了。我就笑着叫了他一声"翔哥"。他问我喜欢吃什么。我说想看看菜单。他把菜单递给我说:"想吃什么就叫什么,不用客气啊。"我让连金点菜,但连金只点了两个炒菜,我就点了鱼和火锅。翔哥问我喝不喝酒。我当然会喝酒,但今天似乎不是喝酒的气氛,就说想喝茶。他叫了一壶龙井，闻起来很香。我喝了一口，似乎喝尽了所有的山清水秀，身体一下子舒服起来。

我们边吃边聊，在店里待了很久。说到帮我找工作的事，翔哥说他从连金那里知道我在国内是搞文字工作的，不知道想找什么样的工作。他大概是在试探我。我有点儿不自在。

连金对我说："维翔在横滨认识很多朋友，有什么要求的话，尽管说好了。"

我的脸有点儿热，看着翔哥说："我有自知之明。我刚来日本，不会说日语，所以不是由我来挑工作，而是有没有工作可以让我做。"我犹豫了一下，接着说，"我刚刚又交了一大笔学费，所以呢，不管是什么工作，只要有的做就行。我需要赚钱。"

好像他一直在等着我这么说，立刻回答道："好。我知道你的意思了。"

工作的事谈妥了以后，连金说时间已经很晚了，我说我也该回横滨了。连金说他住在东京，但是翔哥住在横滨，跟我是同路。他想起什么似的，建议翔哥"送送"我。翔哥看着我。我装出只是问问的样子，有点儿结巴地问他方便吗。他回答说方便。连金说："那么我们走吧。"我本来就感谢连金的，现在更加感谢他了。

出了饭店以后，连金对我跟翔哥说："你们走吧。"我谢了他，跟他说再见。我没有再注意他，所以不知道他是朝哪个方向走的。后来我们根本没有再见过面。现在想起来，我对他还是有一种可笑的印象，觉得连金是为了把我交给翔哥才出现的。

3. 信天游

电车带着我远离了池袋的嘈杂。车厢里一共有十几个人，但都静悄悄的，要么是闭着眼睛睡觉，要么是捧着本书阅读。翔哥坐在我身边，大腿紧贴着我。两个人无声的沉默令我觉得难受。看窗外，是黑乎乎的一片。我希望他跟我说点儿什么，但他一直沉默不语。想想在四川餐厅吃饭的时候，说话的基本上也都是连金，也许他是一个不善言语的人。我偷偷地看了他一眼，发现他也在看我，于是不好意思地朝他笑了一下。他小声地对我说："下一站我就要下车了。但是如果你希望我陪你到你下车的地方……"

我打断了他的话："谢谢你的好意。但是不用麻烦你了。今天已经花费了你不少的时间。"

他不吭声，过了一会儿后问我："真的不用送你到家吗？"

　　我说："真的不用。"

　　我再一次谢了他。快下车的时候，他又小声地对我说："人生地不熟的，你回去的时候千万要小心。至于工作的事，你放心吧，我会尽快跟你联系的。"

　　他下了车。车门关上了。然后电车跑了起来，我追着他的身影看。看不见他之后，我换了个座位，坐到刚才他坐过的地方。我使劲儿吸了吸鼻子，闻到了他身上的香水味。之后我一站一站地确认着月台上站牌的名字，终于到了纲岛。下了车，出了检票口，发现雨已经停了。街道上几乎没有人，只有路灯将路面照得发亮。我在路灯下待了一会儿。

　　之后的一个星期，他一直都没有给我打电话，偶尔想起在四川饭店的对话，好像一场梦。我想，也许是他不喜欢我这个人，所以不想帮我的忙了吧。

　　几乎在我对他帮我找工作的事感到绝望的时候，胜见美子让我陪她一起去车站附近的一家大超市。她说反正我在家待得百无聊赖的，不如出去走一走，顺便也可以找找工作。她说车站附近有很多面包店和饭店，如果由她这个日本人帮我一起找的话，也许能找得到。我想她说得对，就坐上了她的车。

　　她买了好多肉和菜。车站离超市不远，五分钟就到了。她把车停在停车场，带着我，摧枯拉朽般地询问了几十家饭店和面包店。听说我是外国人，不会说日语，所有的店都拒绝了我。我很难过，让她带我回家。去停车场的路上，我对她说："我就知道没有地方要我的。"她不吭声。上了车以后，她问我要不要紧。我说我有点儿受不了。她说横滨这么大，又不止纲岛这一个地方有店，可以试试其他的地方。我想她不理解我。说真的，受不了的是我的自尊心。虽然雅子早就告诉我工作不好找，但我也没想到没有一家店要我。我想相当长的时间里，也许我只能跟以往一样，不去学校的日子，就坐在胜见美子家的窗玻璃前看外边的树和街道，看一个个陌生的人走过。赶上流浪猫走过窗前，我就会兴奋得敲一下窗玻璃。再往后呢，我想大不了花光了全部的存款回国罢了。

　　回胜见美子家的时候，路过一条小街，远远地，我看到街的尽头是一个斜坡。斜坡上有一家加油站。她把车停在加油站，我以为她要加油，但是她问我对加油站的工作感不感兴趣。我说算了吧。她让我看道口的一个招牌，说加油站正在招人。看到我犹豫的样子，她鼓励我说："已经来了，最后试一下。反正被那么多家拒绝了，也不怕再被拒绝一次。"我想了想，回答说："好吧。就试最后一次吧。"但是我让她先去问问要不要外国人。她去了，很快返回来，说店长让我去面接。我赶紧下车去店长那里。店长问了几个问题，我都回答是。最后，他让我明天就来上班。我以为听错了，问胜见美子："是叫我明天来上班吗？"

胜见美子说："是啊。让你明天就来上班。一小时九百日元。"

回到车上，我只想听一听胜见美子对我被采用这件事的看法。她说赶上加油站缺人，而工作的时候基本上不用语言。其实刚才我也观察过了，车来加油的时候，工人先是说"欢迎"，然后拿块抹布擦擦车窗，然后车离开的时候说一声"谢谢"。她对我说："幸亏我坚持试试。"我说是。

翔哥突然来电话了，问我现在的情形如何，有没有找到工作。我努力让自己在电话里不哭，但还是忍不住地哭起来，抽抽搭搭的。谁叫从见面的那一刻，我对他就有了一种爱恋的感觉呢。我详尽地述说了我在加油站上班的情形。面接的那天给我的印象是，加油站的工作，不过是用抹布擦擦窗玻璃，鞠着躬说声"谢谢"而已，但实际上，即使没有车来加油，工人们也得一直站在露天里。最使我痛苦的是，有几个客人要洗车,而我打工的店比较小,根本没有洗车机器,只能是人工洗,一洗就是一两个小时。

　　话说我上班的那天,不巧赶上了坏天气,早上已经是乌云密布,中午天开始变黑,跟着就下起了雨。更甚的是,雨下了没多久就转雪了,接着是雪转冰雹。风一直不停地刮。我想老天跟我开了一个非常夸张的玩笑。我曾经十分喜欢西北的民谣信天游,惨厉的歌声交织着劈裂的唢呐声,令我每一次听到都会心抖抖地逼出泪水。但是用自己的肌肤感触到信天游,应该是第一次。我连站带跑地干了八个小时,回家后觉得腰痛腿痛。最主要的是我对洗车的药水过敏,脸上的皮肤肿起来,又红又痛又痒。我愤愤地对翔哥说:"我真的搞不懂日本人,简直就是傻子。没有车来的时候坐着休息多好啊,非得一直站着。车来了走过去就行了呗,非得跑过去。我真的是忍不下去了。"他一声不响地听我把话说完,问我怎么办。我说我只在加油站干了一天,第二天就辞了。他说辞了好,因为刚好为我找到了一份新工作。他说新工作不错,但是也要面接。他问我明天有没有时间。我说有。他对我说:"如果你临时有急事不能去面接,请一定打电话通知我。"他给了我一个电话号码。我说好。放下电话,我高兴得一直想笑。

4. 中华街是袖珍中国

翔哥已经站在樱木町车站的检票口等我了。他穿了一件银灰色的西装上衣，黑色的水洗布裤。我问他是否已经等了很久，他说他也刚到。然后，他看了看我的脸，对我皮肤过敏的事表示难过。他问我脸还痛不痛，我说有点儿痒痒。于是他带我去药店，买了一管消炎药膏。他当场帮我涂药。他的手触碰到我的面颊时，我的心也痒痒了。然后他说这份工作实际上是他爸爸介绍的，所以要我去见他爸爸。

我跟他坐电车去了石川町，因为他爸爸在中华街的一家咖啡厅等我们。

咖啡厅很大，客人很多，但客人一大半都是中国人。他爸爸选择的座位不太好，就在咖啡厅的中心，出出进进的人都会经过我们身边，我觉得闹心。他对他爸爸说："你这么早就来了啊。"然后又指着我对他爸爸说："她就是我说的那个要找工作的女孩。"我赶紧跟他爸爸打招呼："您好。"他爸爸回了我一句"你好"。没想到他爸爸看起来很年轻，说是他哥哥都不过分。虽然他爸爸坐在椅子上，我还是感觉到他的个子很高。现在我只记得他爸爸也穿了一套灰色的西装，至于是什么样的衬衫和领带，已经想不起来了。我本来是有一点儿紧张的，但是他爸爸在说话的时候一直都是东张西望的，根本不看我的脸。刚开始我以为他是在找什么人，几分钟后，我判断出东张西望是他的一种习惯。

翔哥坐在他爸爸的对面，我坐在他的身边。说话的时候，我常常会转过身或者歪着头看他。我还保留着他在四川餐厅留给我的印象，就是不太喜欢说话，沉默寡言。另一方面，他爸爸跟他正好相反，非常善谈。说真的，翔哥从容安静的样子，日后常常浮现在我的心里，特别是我们熟悉了以后，当我们成为相爱的一对情侣，我总是被他的安静深深地吸引。对我来说，男人的最终意义，是一种神秘的感染性和多余的复杂性，是为了解释一个存在的梦幻。因为这个理由，后来我花了很多年的功夫去追求，代价大得要我押上了全部的肉体和全部的信心。我现在也没有觉得有什么过错和悔恨，反正，人在不同的阶段总会有不同的追求。

不久，他爸爸说要带我去见一个朋友。他解释说，这次给我介绍的工作，是在制果工场做糕点，但是他本人不认识工场的负责人，他的朋友会带我去工场面接。我看翔哥，翔哥要我跟着他爸爸走。我谢了他，跟他说再见的时候，他说晚上会给我打电话。

翔哥的爸爸带我走进了一间屋子,我想是一间办公室。一个中等身材的男人坐在椅子上。看见我跟翔哥的爸爸,他立刻站起来,问我会不会说日语。我说我不会说,但是能看能读,多少也能听懂一点儿。他问为什么。我把对雅子说过的话跟他也重复了一遍。他笑着重复了一句"哑巴老师",然后把早已经准备好的头盔递给我说:"你坐过摩托车吧?"我说没有。他露出吃惊的样子对我说:"那么就体验一次吧。"他让我跟他走。我小跑着跟着他出了办公室,忽然想起来忘了跟翔哥的爸爸说再见。

照男人的吩咐,我坐到摩托车的后尾座上。男人坐稳了以后对我说:"搂紧我的腰。"因为是第一次坐摩托车,我很兴奋。天气真好,天空湛蓝湛蓝的。我紧紧地抱住男人的腰,摩托车一溜烟地跑起来。

还没觉得过瘾就到了制果工场。男人先下车,我跟着下了车。朝制果工场大门走去的时候,我感到心脏在上上下下地振动。后来我慢慢地理解了,中国人讲究的是人情世故,在中华街,如果有熟人介绍,如果对方答应面接了,那么面接就不过是走过场。其实,我去面接的那一天,正好是制果工场开张的日子,事前虽然内定了三个工人,但是人手根本不够。场长姓陈,来自台北,后来我们都叫他陈师傅。他告诉我,工场里的活基本上都使用机器,人能干的活很少,也很简单,根本用不着学习。

我长长地松了一口气。漫长而又痛苦的找工作的日子,终于结束了。场长给了我一套白色的制服,要我换了去干活。我吓了一跳,问他:"现在就开始上班吗?"他说是,还带我去打卡机那里教我怎么打卡。开摩托车带我来的男人看起来很高兴,让我好好干,争取早一点加工资。我谢了他,他谢了场长,然后就离开了。

位于横滨中华街一角的这家工场,很像袖珍版的中国。靠墙的桌子上放着一台录音机,里面流出来的是邓丽君的歌声。围着工作台做月饼的人都说中国话。墙壁的四围是一面面的铁架子,上面摆满了馒头和肉包。我一下子就喜欢上了工场的这种气氛,我觉得像一种生活,热热闹闹,充满油盐酱醋的气味。有一点场长说得对,就是工场里的活不需要动脑子,既轻松又单纯。

我跟那几个工人很快就混熟了。令我感到意外惊喜的是,工场一天管工人两顿饭,午饭和晚饭。陈师傅让我们自己做饭:"你们想吃什么,就挑个人去买好了。买回来以后呢,会做菜的人负责做菜好了。"广州出生的卫东一直笑嘻嘻的，大家都推荐他去买菜。他出去了，回来的时候手里拎着一大捆空心菜。大家又让他炒空心菜。他说不好吃也不准埋怨啊，便将空心菜放在油锅里炒了端到饭桌上。日本的大米好看又好吃，亮晶晶的像透明的珍珠，吃起来香喷喷的。绿茶热乎乎的。也许是因为人多热闹，虽然空心菜只用大蒜和盐炝了一下，我们还是把盘子吃了个底朝天。我一直有一个奇怪的毛病，就是吃饭的时候不敢听音乐，会引起胃痛，还会伤感流泪。那天我一边听邓丽君的歌声一边吃饭，胃竟然没痛。这也让我长长地松了一口气。

　　下午的活还是做月饼。我的工作是，将按照分量称出来的豆沙捏成圆圆的球状体，将豆沙球用面皮包起来。现在让我介绍一下其他的几位同事吧。除了我和卫东，大刘是北京出生的，而小林则来自福清。有一次，陈师傅问我们知不知道邓丽君，我们都说知道。

　　说到邓丽君，在我的记忆中，应该是一九八七年左右走红的。从小听惯了进行曲的我，第一次从她那凄婉、哀怨的歌声中感知了内心的悲伤。然后是张行的《迟到》、张蔷的《东京之夜》。这些有颜色有味道的声音，精灵般在城市以及城市的空气里散发着女人、疾病乃至花草等气息。打一些比喻来说的话，我的心病了，城市病了，海突然静了，海水突然凉了，神经支离破碎。现在想一想，喜欢上文学，也许跟邓丽君有一点点儿关系：通过文字来表达心声。

快下班的时候，工场里的电话机响起来，陈师傅说是找我的电话。为了不弄错，我问是什么人找我。陈师傅说是个男的。以为是翔哥的父亲，却是翔哥。没想到翔哥会打电话到工场，真的是又高兴又兴奋。

翔哥说："是我。"

我说："啊，谢谢你，没想到面接完就开始工作了。"

"下班后有什么事吗？"

我说："没事。"

"想不想一起吃个饭。"

我点着头说："好啊好啊。"

"那么，我六点在纲岛车站的检票口等你。不见不散。"

我说："好，不见不散。"

我是一鼓作气赶到纲岛车站的。看到我，翔哥一脸平静地举了一下手。正是下班时间，车站的里里外外都是人。车站的附近就是商店街，咖啡店、面包店、饭店、居酒屋，甚至菜店，可以说是应有尽有。有些店的商品就陈列在店门口，比如花店，连柜台都被搬到露天里，有客人买花，店员就在台子上包装鲜花并收钱。

翔哥有一个习惯是我后来悟到的。后来我无数次搬家,我们吃饭的地方换了又换,但每次约会,都是他比我先到。他会带着我径直去某一家居酒屋或者饭店。我觉得他是在见到我之前,就已经将周围的情形把握好了。

法国小说家安德鲁·勃勒东说过一句话:惬意的生活就是"在一间玻璃房子"里,人人都能看见你,没有任何秘密。这句话用来形容日本的居酒屋,一点儿都不过分。我特别喜欢日本的居酒屋,谁都不看谁,自己喝自己的,非常自在。翔哥带我去的居酒屋,有一个很浪漫的名字,叫"茼菜樱坂"。进去后,他问我喜欢坐在椅子上,还是喜欢坐在榻榻米上。我觉得榻榻米新鲜,就选择了榻榻米。他告诉我用不着"跪坐",会导致腿脚麻木,可以"侧坐""盘腿坐""伸腿坐",觉得怎么舒服就怎么坐。于是我伸着腿坐在榻榻米上,果然很舒服。斜对面坐着一个男人,一边用牙签剔牙齿,一边抚摸着自己的脚指头。我最讨厌有人当着我的面摸脚,觉得有点儿恶心。不过我很快就把他忘记了。

翔哥问我工作是不是很累。我说站大半天,当然会累,但干活的时候很开心,所以也不觉得特别累。他问我喝什么,我要了扎啤。一位年轻的女孩为我们上啤酒。她半跪在饭桌旁边,笑微微地说了一句"请慢慢享用"。我跟翔哥说女孩让我想起了一首诗。他问是什么诗。我唱给他听。

> 最是那一低头的温柔,
> 像一朵水莲花不胜凉风的娇羞,
> 道一声珍重,道一声珍重,
> 那一声珍重里有甜蜜的忧愁。

翔哥说我们干杯吧。我举起杯,跟他举到眼前的杯碰了一下,然后一口气喝掉了一半。因为在工场里吃过晚饭,我肚子不饿,不怎么想吃菜,光喝酒了。之后我差不多一直点温烧酒,而他就一直为我斟酒。酒盅里升腾出的热气在我和他的中间缭绕,很像两个人的呼吸。说真的,他说的普通话很糟糕,但哆哆的。他说话的时候,我的心里会痒痒的。

话题聊到我的过去,他想知道我在国内有那么好的工作,为什么要来日本,为什么宁肯在工场里制果也不回国。我不知道如何跟他解释"毫无意义"。他怎么可能理解呢?

看过《北京人在纽约》的人,也许还记得这句台词:"我变不成美国人,也早就忘了中国人是什么滋味儿了。"真的是道出了当年很多人对国外的向往。我是一九九二年初来日本的,正是一大批人削尖了脑袋往外走的年代。如果我说是因为关闭的国门再一度打开，我只是想出去看一眼，恐怕他是不会相信的。跟我相同年龄的人，或者比我年纪大的人，也许还记得那个时候国内的月收入，只有几十元人民币。那天我在加油站干了一天，但拿到的工资，差不多相当于国内两个月的工资。如果没记错，工场第一个月给我的工资是十三万。当时的十三万是什么概念，大概相当于国内一年的工资。

来日本真正的原因，是我刚刚跟零儿离了婚，离了婚还不得不住在零儿单位分配的公寓里。零儿搬走了，每天出出进进家门的时候，总是要跟零儿的同事见面，见了面又不得不打声招呼。人生的痛苦可以由我跟零儿分着扛，这种别扭的感觉就没有办法分着扛了。好像中邪似的，我越是想尽快地忘掉零儿，零儿的同事们却越是一而再，再而三地将零儿提示与我。我想逃也逃不掉。我跟零儿在同一个机关工作，虽然部门不同，但工作中经常要接触零儿的同事。九十年代初，我还不懂得为自己换一个工作什么的。大学毕业时，学校决定你干什么工作，你就得干什么工作。这些事我也不想对翔哥说，说了他也同样理解不了。

来日本的机缘是一件紫色风衣，是和风衣有关的一张照片，是和照片有关的一本书。这样说，听起来似乎是在绕圈子，但是事实。两年前，我在北京饭店的购物处买了一件风衣。我穿着它走在北京的街头时，曾有迎面走过来的男孩子，冲着我竖大拇指。我知道竖大拇指的意思就是"酷"。这样的一件风衣，换在今天的话，一定是非常一般，但在九十年代初，可就是非常时髦的了。整整一个秋天，我天天穿着这件风衣，爱不离身。风衣长过小腿，小腿处黑色的长裙罩着高统靴。

我有一个朋友叫大头，是挺有名的画家兼摄影家。他说我穿这件风衣的时候，给他的感觉好似紫丁香在微语。他要为我拍一个紫风衣的特辑，主题叫"跳动的忧伤"。他折腾了半天，从拍的几十张照片中拿起一张说："结果还是抢拍的这一张最好。"照片中的我，深锁着眉头，两只手插在紫色风衣的口袋里。"你看，"他对我说，"你皱着的眉头，你的眼神，还有你的眼睛里，好像挂着湿漉漉的泪。"他把照片拿到照相馆放大，用木框镶起来，然后当礼物送给了我。我把照片挂在卧室的墙壁上。

大头是我最喜欢的朋友，但我从来没有给他跟我上床的机会。有一次，他这样问我："为什么？为什么你可以跟其他人恋爱，偏偏就是不给我机会呢？"我取笑他，说原因是他太太养的几十只猫。跟他在一起，我总是能够嗅到他全身上下散发出来的猫腥气。时间久了,我觉得他本人就是一只猫了。我经常到他家里去玩,几十只猫自由自在地穿梭在两间屋子里,床头上、沙发上、电视机上以及厨房的菜板上,都是猫。我从不在他家里吃饭,他太太就在猫睡过觉的菜板上切菜。

大头说:"原因在猫的话,我没什么话可说。"

我说:"这是你的无奈。"

大头从来不会介意我说他什么。我说什么他都会迁就我。他一生中最宠的女人就是我。他为我拍的照片,后来被我用在一本书的封面上。书出版后,他比我还兴奋。他把书高高地举在手里说:"真棒,简直就是明星照。"是的,他总是令我的情绪高高飞扬。

再后来,我把那本书寄给了一位日本大学的教授。我是通过出版他书的中译本认识他的。后来教授告诉我,他在收到书后,决心把封面上的漂亮女孩,变成自己的女弟子,于是他给我写了一封信,问我是否愿意到他所在的大学留学。

说了这么多,我想说明的就是,很多事都有它的机缘。好比那时候我正好跟零儿离婚,正想从那座公寓里逃出去。人一生中有很多偶然的东西,有时候一个人的命运就是和另外一个人相遇。

听我说了这么多,翔哥只回答了一句话:"事到如今,你也不用想那么多了。"我不吭声。过了一会儿,他接着说了一句:"其实呢,赚钱也是一件很现实的事。"

5. 我是一个精神恋爱者

我一直认为自己是一个精神恋爱者。跟男人在一起的时候,我总是觉得聊天胜于上床。我之所以喜欢大头,就是因为,虽然他能够承受我交给他的所有乱七八糟的情感,但绝对不会勉强我跟他上床。

翔哥看了一眼手表,我猜想他是想回家了。我也看了一眼手表,已经过了八点。可能是酒喝得多了一点儿,出了居酒屋,走在街道上的时候,我的两条腿不断地发软。翔哥对我说:"我们找一个地方打kiss好不好。"

我不知道kiss是什么意思,既然是"打",应该就是一种游戏吧。再说了,几天下来,我似乎习惯了他来为我安排一切。我回答说好。

从车站向右拐,是一条又细又长的小街。我跟着翔哥走进小街。小街黑幽幽的,十分寂静。小街的尽头是几间典型的和式木屋。我跟着翔哥走进了木屋的大门。大门口挂了两个橘黄色的灯，灯光幽静，照着门前一排茂密的矮树丛。虽然只隔着一条街，但车站的嘈杂声却是非常地遥远了。

从木屋里走出一个穿和服的女人，翔哥跟她低声地说了几句什么，然后从钱包里拿出几张钞票。女人接过钞票后，翔哥朝我做了一个手势，意思是让我跟他走。他在一间房前站住，打开门让我进去。原来是很普通的住房，因为窗口摆满了鲜花，空气中弥漫着迷人的芳香。一共有两个房间，外边的一间只在中央放了一张矮桌，桌子上放了一套茶具和烟缸。里边的一间有一套双人被褥，整整齐齐地铺在榻榻米上。

翔哥带我来的地方是情人旅馆。我突然明白了他想跟我干什么。我站在窗前不动，他先在矮桌前坐下，然后招呼我也坐下来。我一直不吭声。他开始冲茶，接着端起茶杯喝起来。我也喝了一口，但一直将茶含在嘴里。过了一会儿，他问我谁先去洗澡。我没搭腔。他又问我："不然我们一起洗澡好吗？"

我喘了一口气说："对不起。"

"为什么要说对不起呢？"

我苦笑着回答说："我没有想到你会带我来这种地方。对不起。"

他突然站起来，一边解裤子的拉链一边说："我们还是开始吧。"

我摇着头说："我这里不行。我没有思想准备。请你还是坐下来喝茶吧。"

他站在原地看了我一会儿，问我："真的不行吗？"

我说："真的不行。对不起。也许让你白花钱了。"

他重新拉好裤子的拉链坐下来。从这个时候起，我们都没有说话。过了好一会儿，我问他："这里是按小时收钱的吗？"

"你不用担心钱。如果你决定了不跟我干的话，我们就离开这里。"

我说："我已经决定了。我们走吧。"我站起来，不断地对他说，"对不起。"

走到小街上，翔哥突然在一棵树下站住，问我："你是故意的吗？"

我抬起一只手，意思就是让他不要再说下去。我对他说："也许你不相信，我不懂kiss的意思，因为你说打，所以我以为你要带我去打游戏。"我的脸开始发烧。

他变了脸，对我说："你闭嘴吧。你说你是大学毕业生，一个大学毕业生不可能连kiss的意思都不懂吧。"

我结结巴巴地跟他解释："我没有学过英语。我真的不懂kiss是什么意思。"我停顿了一下，接着说，"如果你不说打，说做的话，也许我就不会误会了。"我十分十分尴尬，觉得无法再解释下去了。

他叹了一口气，对我说："没想到你会这么土。"我不吭声。他接着说："就算你不懂kiss的意思，但你已经跟我进了情人旅馆，干一次又不是什么大不了的事。"

但是我突然生气了，连自己也没有想到。我对他说："我就是土啊。土又怎么了。不像你那么跩。不就是接个吻吗？打什么打啊。你知道语法里打字的意思吗？打游戏机，打的士，打人。吻是要说接的啊。"我还是不解气，一口气地说下去，"我们都是中国人，你说中国话就行了。你可以说接吻，也可以说亲嘴儿。说什么打kiss，半中半洋的，你才是真土。算你运气不好，今天的钱，绝对是白花了。"

他轻轻地拍了拍我的肩，小声地说："不要这么大声地吵。"我看了看四周，立刻安静了。他接着对我说："不过，你也用不着跟我装模作样的，说实话，出来打工的女孩，有几个是没有跟男人上过床的？我遇到的太多了，一般的情况下，我都是一万日元玩一次，但你是大学生，我本来打算给你三万日元呢。"

晚冬的风吹过,我的肌肤上起了一层鸡皮疙瘩。有一只苍狼从心中掠过,寂寞袭来,我的脑子里一片空白。这时候,我的酒意差不多完全解了。

我不知道做了一个什么样的表示,丢下翔哥,独自朝车站的方向走。他从后边追上来,但我不搭理他,一点儿也没放慢脚步。我想我的脸色是阴沉的。他走在我的身边,有点儿气喘吁吁地对我说:"也许我不应该说你土。但实际上我就是觉得你土。没想到你会这么土。"他一连说了好几个"土"。

我说:"你说得对,我很土,所以请你离开我,以后也不要再见我。"

他说:"一码归一码。我想说另外的那个问题,没有想到事情的结果会这样严重。也就是说,没想到会这么严重地伤害你。"

我说:"你都把我当妓女了。"

突然,他用双手搂住了我的肩膀说:"我没有把你当妓女。我只是打一个比喻而已。但是我承认我打的比喻不恰当。失礼了。"

有一辆小轿车开过我们的身边。我停下脚步。两个人站在人行道上,他看着我,我看着他。实际上,这时候,我正全神贯注地控制着情绪,要自己不流泪。趁着还来得及,起码我可以选择尊严地败退。

使我烦恼的是,其实我在心里还非常地"留恋"他。我对他说:"我刚刚来日本,什么都不适应。也许你真的没有想到会伤害我,但是你让我感到很意外,让我吃了一惊。"

他回答说:"是啊是啊。是我太急躁了,是我过于随便了,好在你现在理解了我没有恶意。我呢,也就放心了。你就忘记今天的事吧。"

我说:"好吧。但是时候真的不早了,你还是回家吧。我觉得很累,也想早点儿回去休息。"

我说的是真的。我不仅累,还觉得困呢。也许我的样子看起来比较消沉,他对我说:"来日方长,相信日后你会知道我到底是一个什么样的人。你要打起精神啊。"

我说:"好。"

这时候,他突然递过来几张钞票给我说:"这钱,你拿着吧。"

我一边推开钱,一边急步地走。我对他说:"你不要把事情搞得过于夸张了。我如果为了钱,刚才就跟你干了。"

他说:"你又误会我的意思了。我给你钱,并没有特殊的意思,不过想你用这点儿钱买几件好看的衣服。"他把钱塞到我的衣服口袋里，接着说，"我们是老乡，就当是老乡之间的一点儿照应吧。"

他急急地走了。我呆呆地看着他的背影。夜色更加浓重了。事情的结局也许并不是特别地糟糕。有一刻，我甚至听见了自己血液流动的声音。我绝望地发现，此时此刻，我比以前更加强烈地爱恋上他。

纲岛，这是一个泛滥着惆怅的名字。

6. 初见情人旅馆

这几天，我在工场工作得很开心。午休是一个小时，但基本上二十分钟就可以吃完饭了。工场里没有休息室，剩下的四十分钟只好去外边打发。走出工作间，我在连接一楼和二楼的阶梯上坐下来。我闭上眼睛，本来是想养养神，但满脑子里都映着那天在情人旅馆里的情形。继那个惆怅的夜晚，已经过去一个多星期了，翔哥一直没有打电话给我。他给我的钱我还没有花，原数放在家里。每次看到那钱，我的心都会痒痒。说真的，对于我来说，他的存在很像扎在手指上的一根芒刺。我觉得痛，仔细寻找刺的时候，却发现刺已经不存在了。残留在记忆中的一点儿痛楚好像安慰。

有一次,是休息天,我偷偷地去了那家情人旅馆。我装着在找人,左顾右盼的时候,发现门柱上有旅馆名字,是"富士",令人想起富士山。跟夜里的感觉不同,青天白云下的旅馆,看起来非常端正。木头上的漆亮得发黑。门口的矮树丛是一片油油的单调的绿。

有人在我的额头上亲了一下。以为是想翔哥想得迷糊了,睁开眼睛看见陈师傅正弯着腰站在我面前。他的脸就在离我几寸远的地方,正冲着我笑。我大吃一惊,问他为什么亲我的额头。他解释说,午休的时间快完了,而我在阶梯上睡觉,看起来睡得特别沉,想叫醒我却又怕会吓到我,所以就轻轻地亲了一下我的额头。

他用手正了正头上的鸭舌帽问我:"怎么样?睡得好吗?不觉得冷吗?"

我觉得他是想占我的便宜,虽然心里生气,脸上却装出冷漠的样子。我想我不能发火。如果我发火,这份工作有可能就没法干了。我真的不想到处找工作了。话说回来,好在他吻的,只是我的额头。如果他吻了我的嘴唇,那么我大概是不会原谅他的。

陈师傅是一个男人,却有一张很白很白的脸。他的白跟一般人的白不一样，也许可以说白得过分，以至于使我觉得恶心。有时候我会想，他的脸，简直就是工场里刚出锅的发面馒头。

本来我只是觉得他令我感到恶心，而现在开始讨厌他了。

下午干活的时候，我的精神常常开小差，心不在焉。有好几次，我不由自主地想起了大头。在国内的时候，开心也罢，不开心也罢，总是大头跟我一起分享。大头是那种召之即来挥之即去的亲友。我后悔那个时候没有对大头再温柔一点儿。此时此刻，我对大头的思念可以形容为铭心刻骨。

一个人的情绪会影响到其他人，因为我板着脸不说话，气氛显得比较压抑。陈师傅没话找话，说我已经在工场里干了好几天了，不知有什么感受。我懒得理他，含糊其词地回答说："马马虎虎了。"

"中国人最不上进的地方就是马马虎虎这四个字，得过且过。日本人就不一样，所以各个方面都走在世界的前头。"

他说得有一定的道理。不过，今天我的心情不好，尤其陈师傅中午还惹恼了我，所以我故意打断他的话说："你出生在台北，我出生在大连，我们都是中国人。说到国民性，应该差不到哪里去吧。"

"你去过我们台北吗？"

我恶狠狠地说："你不是也没有去过我们北京吗？"

陈师傅抿着嘴笑："好吧，我不该拿这个来比较。只是，你干活的时候，好不好两只手一起动？"

我将挂在工作台上的左手抬起来说："当然可以，只是我觉得称豆沙用不着两只手啊。"

谁都看得出来我跟陈师傅之间的对话是一场没有硝烟的战争。一对一，本来我是一时生气，抱着轻松而又好玩的心理斗嘴而已，但是福清来的小林，这个有着咖啡色皮肤和黑色大眼睛的女人，却成为陈师傅手中的武器，令我连连挫败。这是后话，以后再说。

走进石川町车站的月台，我看见陈师傅也在。看到我，他说想跟我商量一件事。我想知道是什么事。他神秘地对我说："我愿意每个月给你十八万日元，但是有一个条件，就是你肯做我的情人。"

我吓得倒退了一步。十八万日元，这可是日本大学生毕业后第一年能够拿到的工资。他以为我被十八万这个数字打动了，进一步跟我解释，说他是场长，可以随时为我提供加班的机会。他说只要我愿意，想什么时候加班都可以。他急着问我这个条件能不能接受，我回答说："我又不是傻子，又要给你长时间地打工，又要陪你睡觉。"

"我说的加班,不是要你真的干活。你明白的,你只要以加班的名义留在工场。"

我哈哈大笑地说:"这个钱不是你出啊。"

"对于你来说,只要钱到手不就行了吗?"

我说:"我当然也喜欢钱,但是,我可不愿意做你的情人来赚钱。你养过女人吗?"他以奇怪的神情望着我。这时,电车带着"咯噔咯噔"刺耳的声音开过来,不等他再跟我说话,我赶紧朝他摆手说:"辛苦了,明天见。"我一头跑进电车里。

一个星期后,翔哥打电话到工场,再一次约我晚上一起喝酒。地点还是定在纲岛车站旁边的那家居酒屋。我跟翔哥舒舒服服地坐在榻榻米上。他说我经常在工场吃的那种工作餐,除了单调,还缺乏营养。他把菜单推到我眼前,很客气地告诉我"想吃什么就点什么"。我喜欢吃生鱼片、烤虾和黄瓜,于是就点了生鱼片、烤虾和黄瓜。也许因为上次分手时的尴尬还在,开始说话的时候,他只是问问我学习进展得怎么样,工作是否适应了,日语难不难。我向他表示感谢,告诉他一切都很顺利,不用担心。

生鱼片上来的时候我吃了一惊。器具是一块长方形的木板,木板上铺一层碎冰块,冰块上铺一缕缕切成粉丝般细长的萝卜丝，萝卜丝上插一把紫红色的小木伞，木伞下摆着红白两色的几片生鱼。看起来像电影中的一个外景镜头，像一幅画。我用菜单查了一下生鱼片的价格，吃惊地说："就这么几片薄薄的生鱼片，这么贵啊。"他说贵是贵，但是这个钱花得值，等于花钱看一幅极美的画。

喝了两杯啤酒之后，话开始多起来，不知不觉地说起了工场里的人和事。

不知道是不是为了刺激我，陈师傅很快跟福清的小林搞上了。我、大刘，还有卫东，都将他跟小林的关系看在眼里。有一天，大刘跟我闲聊，说起陈师傅只让小林一个人加班的事，问我知不知道原因。我说知道是知道，就是不能说出来。他说他相信陈师傅跟小林"搞上了"。我点了点头问他："你是怎么看出来的？"他说这种事不用看，凭感觉就懂的。他还说他也是个男人，连孩子都有了。

我说："你说的是经验啊。"

他笑了一下对我说："不过我觉得小林的老公是真可怜。"

我问可怜什么。他说明明被老婆戴了绿帽子了，还天天来工场看望那个跟自己老婆鬼混的男人。我说这也不能怪小林，怪就怪她老公上班的地方离我们的工场太近。大刘说小林跟陈师傅的胆子也太大了。我说胆子大倒是没关系,一想到两个人在工场里做那件事,连看肉包都觉得恶心了。大刘说,没想到小林这么贱,靠这种"临时工"挣钱,想想她每天带回家的那些做失败了的月饼和肉包,也觉得恶心。

但实际上我真的在乎一件事。我们工作的时候,陈师傅故意搬来一把椅子让小林坐着称豆沙。让什么人坐,不让什么人坐,陈师傅有绝对的权威。而我总也不能习惯这件事。怎么说呢,自尊心很受伤害,有一种"在人之下"的感觉。因为这个原因,跟小林一起干活,心里一直会挣扎,心思纷乱,心态不平衡。

有一天午休,大刘告诉我工场的二楼是空房,没有人居住的迹象。他高兴的是所有的房间都没有上锁。为了证实是真的,他带我去二楼。果然是空房。我想是楼房的一层租给了我们的工场,二楼还没有找到租主。房间里的水电都可以使用。从这一天开始,我跟大刘就在其中的一间空房里午休。不知道他从什么地方找来了两个大纸箱,拆开后铺在窗前阳光普照的地方。他脱下脚上的鞋子垫到头下当枕头。我坐着,跟他东拉西扯。我说我们现在的情形很像电影《闪闪的红星》里面的潘冬子,天当房地当床。大刘说我们的情形比潘冬子好,虽然是地当床,但是房子是真房子,还有肉包和大米饭。午休变得温馨快乐。

另外的一天,我发现大刘的脖子上有一根和我一样的红绳。我问他是否也戴玉。他从脖子里掏出一块玉给我看。我惊讶得叫了一声,从脖子上掏出自己的玉跟他的玉做比较。两块玉一模一样。气氛更加活络,我很兴奋地想拥抱他,但幸亏我及时想起我们是一男一女。

说起大刘,原名叫刘利,作为上山下乡的知识青年,一度去农村插队,回北京后被安排在一家工场。因为他喜欢书,但不舍得花钱买书,一次去书店时,没忍住手痒,偷了一本《钢铁是怎样炼成的》,结果被抓去坐了一回牢。我没好意思问他坐了多长时间的牢。他出狱后,工场不要他了,于是就自己开了一家小书店,没想到赔了很多钱。聊到这些难堪和伤心的事,他说他不喜欢什么《再回首》,也不喜欢什么《恋曲1990》。他两眼直直地望着雪白的天井说,现实太沉重了,理想太不现实了。

他的身材很瘦,也许用"清癯"形容最为恰当。不知道是不是因为读了太多书的原因,他戴着一副白边近视眼镜,镜片很厚。平时说话的时候,他总是笑眯眯的,给人和蔼可亲的感觉。虽然他坐过牢,但是我非常信任他。有一次,他抽搐着脸上的肌肉对我说:"现在的我,认识的就是钱。

钱。钱。钱。我在日本受这么大的辛苦就是为了赚钱,为了赚钱让我做什么都行。"

我相信他说的为了赚钱什么都肯做这句话是真的。有一次,他问我需不需要电脑。我说电脑太贵,还舍不得花钱买。他说我什么时候想买的话就跟他说,他会以比市场便宜一半的价格卖给我。他跟我保证电脑绝对是新的。我开始偷偷地担心他。电视经常报道一些犯罪新闻,引起我注意的一种犯罪就跟电脑有关。一些在日的外国人,仿制他人的信用卡,去电器商店买高价的电器商品,之后再将高价商品低价售出以套取现金。我不好直接对他说不要干这种坏事,早晚会被警察抓起来,只能拐弯抹角地劝他小心点儿。他说被仿制的信用卡,一般是那些特别有钱的人的卡,一次刷掉几十万日元,卡主根本注意不到。他说得这么具体,我就非常严肃地凝视着他的眼睛,于是他跟我解释说:"我并没有参与,我只是听我的朋友这么说。"

我绝对不相信刘利没有参与,我只是希望他不要太早被日本警察抓起来。

关于陈师傅,翔哥说他用这种方式跟女人上床,可见混得不太好。是金子,在哪里都会发光。在台湾混得不好的人,才会跑到日本打工,在日本当然也不会好到哪里去。他用他爸爸做比喻。他说，你也见过我们家老爷子了，从山东跑到天津，又从天津跑到台北，在哪里都没混好，结果又从台北跑到日本。刚来日本的时候，在一家饭店打杂，夜里就睡在饭店的长椅上。我们小孩子，除了跟着父母跑还能有什么办法呢。有些事其实跟环境的影响有关，他爸爸出生在一个动荡不安的年代，有时候会身不由己。比如，让时间倒退几十年的话，我根本无法想象会跟他在日本的居酒屋喝酒。

关于工场里的事，也就聊到这个地步了。翔哥让我先忍一忍，什么时候有机会了，再找一份新的工作。我也决定忍，有一句话说"退一步海阔天空"。

分手时我谢了他，他让我不要客气。我说今天其实是我的生日，难得他陪我度过了这么愉快的一个晚上。他说什么也要去商店买一份礼物送我，开始我一直拒绝，但后来还是接受了他的好意。

去商店街的时候，翔哥说如果我提前透露一声的话，晚饭就会另做安排了。我从来没有给自己过过什么生日，对他的好意有点儿感动。说真的，我喜欢海鲜，在居酒屋叫了生鱼片，喜欢就是欢喜，跟庆贺没什么两样。我已经很知足了。

翔哥突然牵起了我的手，我的心又痒痒起来了。今天，他穿了一件灰色的毛衣，黑裤，黑球鞋。商店的二楼有女性专用柜台,他带我去那里,要我挑喜欢的东西。我看了看香水和首饰,最后打算买一套睡衣和一件T恤。漂亮的女服务员把睡衣装到礼袋里,扎上美丽的蝴蝶结。回车站的路上,他问我开不开心,我说开心。他看起来很高兴。

这套蛋黄色的睡衣,后来跟了我足足有八年。买它的时候,我以为它会跟我一生一世呢。天空中没有星星,只有澄明的月将眼前的世界照得一片温柔。我又看到了通往富士情人旅馆的那一条小街,依稀可以看见碧绿的树,树下一条小狗正跟随主人慢慢地散着步。富士情人旅馆已经是我心里的一种特别的情感,不再与时间和地点有关。我感到呼吸到的晚风在身体里流动,真忧伤。

也许是翔哥心血来潮,突然说要送送我。一直以来,我只跟他说我住在纲岛,没有告诉他到胜见美子家还要乘一段公共汽车。他很惊讶,陪我一起上了公共汽车。在汽车里,我一直跟他讲刘利的一些事,他好像不太感兴趣,可是快下车的时候,却又劝我不要跟刘利走得太近。

下车后,我带他走到一个小丘的脚下,眼前是茂密的树林中铺就的一条小路。他问我:"要走这条小路吗?"我说是。

说是小路,其实是石头台阶,在山下根本看不到台阶的尽头。他跟着我登上了第一个台阶。途中，每隔十几个台阶就会有一个路灯，但灯光昏黄。台阶又窄又陡，登到中间的时候，两个人都气喘吁吁的。我问他要不要休息一下，因为小路一共有一百三十二级台阶，一口气登上去并不是一件轻松的事。他停下来，一边喘息一边四处张望，突然发现了什么似的问我："如果没有猜错的话，这条小路的四围是坟地。"我说是。

他问我会不会害怕，我说怕。不过，他说他其实害怕的并不是鬼，而是痴汉。他说日本的痴汉特别多，一个女孩子走这样的夜路太危险了。他建议我以后随身带一把雨伞用来防身，因为日本的痴汉也是人，也怕又硬又凶的人。我说每次登上最后的那个台阶时，都会汗流浃背，但那并不是因为累，而是被吓的。他不理解我在这个时候怎么还有心情开玩笑。我说我说的不是玩笑。他突然松开攥着我的手，将我一下子挟到他的胳肢窝里。我觉得他拎着我的样子就像拎着一只布袋。剩下的台阶，我是被他拎上去的。我们真的要分手了。

他对我说："再见。"

我说："再见。"

我站在原地不动，想目送他离去。他朝道路走去，说是叫一辆出租车下去。他回头，朝我挥手，大声地说："快回家。"

我朝胜见美子家走去,一步三回头,看见他也一直回头。我们相互摆手。一阵阵风吹过,将墓地的湿度和气息吹到我身上。晚安,翔哥。

7. 鳄鱼牌衬衫

我穿着翔哥新买给我的T恤走进工场。后来刘利形容说,我走进工场大门的时候,他觉得是一片云彩飘了进来。说真的,已经好久没有人这么夸我了。陈师傅上上下下地打量了我一阵,说鳄鱼牌的T恤衫非常贵,至少也要八九千日元。他想知道工作了没几天的我,怎么舍得买这么贵的衣服。我撒谎,说这衣服是我来日本的时候带来的。他"哦"了一声。而我呢,关于"鳄鱼"是名牌的事,其实一无所知。我喜欢买漂亮的衣服,但从来没有关心过品牌。这一点大头早就注意到了,问过我为什么。我自己也不知道原因。也许我就是这样的一个人。我能记住一个人的脸,但很快会忘记一个人的名字。至今为止,我读了很多人的作品,但几乎说不出作者的名字。

午休的时候，我和刘利在二楼的空屋里闲聊，卫东突然走了进来。他问我跟刘利有没有拿到工资单。我们都说拿到了。他想知道我们一共拿了多少钱。正好刘利的工资单揣在口袋里，他看了看，对卫东说："我拿到了十六万。"卫东让他看一下一个小时是多少钱。刘利说："面接的时候不是说好了吗？"

卫东说："就是叫你看一下工资有没有提。"

刘利看了一眼就说："没提。"

卫东说："我说了你们可别急。"

我说："不急。"

卫东说："对我们来说，这可是件令人气愤的事。"

刘利说："别废话了。快说什么事吧。"

原来卫东无意间听到陈师傅给老板打电话，说的是小林的工资的事。

刘利问："怎么说？"

卫东说："小林干活又快又好，工资每小时提一百日元。"然后他看起来有点儿气急败坏地说，"我们同一天就职，工作的内容也一样，都很勤奋，有什么理由小林的工资要比我们高？"

我心里想，如果那时我接受了陈师傅的建议，做他的情妇,那么现在被提工资的应该是我了。不过我没说话,没有什么好说的,陈师傅为自己的情妇争取利益,我想也是人之常情。

刘利也愤愤不平,张口骂了一句:"婊子。婊子养的。"

刘利不愧是开过书店的,用相同的一个词同时骂了两个人。

卫东开始滔滔不绝地感叹起来,说继续在这个工场里做下去已经没有什么意义了,因为没有前途。我说我也想离开工场,但是没有机会。午休的时间快结束了,卫东先回工场了。有一段时间,我跟刘利都不想说话。这时候说什么都觉得多余。刘利从口袋里掏出香烟说:"他妈的,干脆赶着点回去,一分一秒都不让工场赚。"

但是我没让刘利抽烟。他在空房里抽烟的事被发现的话,以后就没有这么好的休息场所了。我把翔哥劝我的话用来劝他,让他忍忍,有机会找份新工作。他说他也想跟我一起离开工场,但决定不折腾了,因为顶多再待一个月,他就要回国了。

我一连问了他好几个问题:你不是想赚很多很多的钱吗?你的书店不是已经关掉了吗?你不是还想重新做一番事

业吗？对他打算回国的事我真的很难过。在这个工场里，唯一与我相依为命的就是他了。我补充说："大风大浪你都经历了，一百日元这么点小事，你不要太在乎了。"

他沉默了一会儿，不自然地对我说："我信任你才会告诉你。我是探亲来的，只有三个月的签证，已经黑在日本快一年了。"

我很惊讶："没想到你是黑下来的。"

他说他很害怕。我问怕什么。他说怕生病，因为没有医疗保险。他又说怕骑自行车。见我不理解的样子，他解释说，日本警察轻易不会查询一个走路的人，但是对骑自行车的人查得就非常严。然后他说了很多令他感到害怕的事。比如他不敢在街上说中国话，不敢穿着工场的制服在外边走，等等。但是据我看，他真正害怕的是他的身份。

整个下午，我跟刘利都没有说话。我不说话跟工资没有关系，是刘利说要回中国的事令我觉得伤感。卫东的情绪变化很快，已经看不出他生过气了。他取笑我跟刘利"愁眉苦脸"的。其间陈师傅差遣他去了一趟制果场的小卖店，回来后他的心情似乎更好了。陈师傅外出的时候，他笑嘻嘻地凑到我身边说："我不是说我们有机会就要离开这里吗？"

我问他："你有进展了吗？"

"刚才我去中华街，看见一家叫富贵阁的门口贴了一张招人广告。可惜只招女服务员。富贵阁是很大、很漂亮、很有名的饭店。你可以去试试。"

他一连说了好几个"很"，我忍不住笑起来。他叫我不要笑，说我是女生才会告诉我这个情报。我谢了他，告诉他我没有信心去试。他问我为什么没有信心。我说我在横滨被拒绝了一百多次。他说中华街里的饭店老板几乎都是中国人。中国人当然会照顾中国人。他还说再过几天就是五月了，而五月初是日本的黄金周，日本举国上下都休息，中华街会是人海如潮，饭店忙得不得了，需要人手。

果然如卫东所说，富贵阁朱栏玉砌，富贵堂皇。我一眼就看见了贴在门口的招人广告。白纸红字，上面写着"急募女服务员"。字非常大。

在柜台迎宾的是一个女人。一条大辫子甩在背后，粉红色的旗袍衬托出炉火纯青的丰乳肥臀。后来我跟着大家叫她"赵小姐"。她也出生在台北。她的嘴很大，给我的感觉很性感。不仅是她的嘴，从头到脚，她的全身都散发出一种性的恍惚。说真的，我一下子就喜欢上她了。我喜欢好看的男人，同时也喜欢与漂亮的女人做朋友。我们成为朋友后她到我家里来过一次，正赶上翔哥在我家里，虽然我故意将翔哥介绍成我哥哥的朋友，她还是发现了什么。她发现了什么是因为她不仅是我的朋友，她同时还是翔哥的太太的朋友。但这是后话，以后再说。

听说我是来面接的，赵小姐带我乘电梯到四楼。楼层有一个小方桌，桌上只有一台电话机，一个看起来十分慈祥的老头坐在椅子上。老头头顶上的电灯照亮了他坐的那个位置。

"猫宁。"赵小姐突然喊了一声。最初我以为猫宁是老头的名字，听见老头回了一句"你好"，想起来"猫宁"就是英文"你好"的意思。赵小姐真是一个幽默风趣的人，我忽然想笑。

面接的时间非常短。一开始，老头要我拿外国人登录卡给他看，之后只是问了问我会不会日语，一天能打几个小时的工，身体有没有病。最后，他问我什么时候能够来上班。

他是富贵阁的部长。我说三天后可以来上班。他让我三天后的九点四十五分到饭店，直接到四楼的这个地方来找他。没想到富贵阁的工资比工场高很多，一小时有一千日元。看到我高兴的样子，他说一千日元是富贵阁的工资底线，如果我干得"好"的话，还会往上涨。没想到新工作找得这么顺利，但是，到富贵阁以后我才知道事情的真相。原来部长有一个儿子，在富贵阁做一楼的支配人，员工们都叫他桥本。听说他已经三十七岁了,一直独身,连恋爱都没有尝试过。不过,仅仅从外表上看,他长得白白净净的,个子不高不矮,身材不胖不瘦,单眼皮,细长的眼睛。刚开始,我搞不懂他为什么没有谈过恋爱,后来跟他一起工作,再后来我重新租房子,成了他隔壁的邻居,他让我吃了很多的苦头,我才知道了好多他身上不良的毛病。连他那乌黑的头发也是假的,没有人看见过他摘下假发后的样子。最可笑的是,有一天,部长找我谈话,让我跟桥本结婚。他对我说:"那天你来面接的时候,我之所以采用你,就是想让你跟我儿子结婚。"这也是后话,也留在以后说。

我本来想第二天就到富贵阁上班的,之所以将日子定在三天以后,是想陪陪刘利。我是趁着午休偷偷去面接的,回到工场的时候,午休的时间还没有结束。一切都做得神不知鬼不觉。

我一直在找一个适当的气氛来跟刘利说这件事。肉包子出炉后,陈师傅让我跟刘利去洗机器,水池子那里只有我跟他两个人了。我对他说:"我去过富贵阁了。"他说中午不见我去空房就知道我"去面接了",然后问我结果怎么样。我说被采用了。有一会儿,他不说话,开口的时候问我什么时候"去那边"。我说三天以后。我们都不说话了。过了一会儿，我对他说："陈师傅为了修理我才让我洗机器，咱俩关系好，所以你洗机器是受我的连累。我去了富贵阁，剩下你一个人留在工场，真担心陈师傅变本加厉，把怨恨都撒到你一个人身上。"

他冷冷地，不动声色地说："大不了我当柴火劈了他。"

真想跟他说一声"对不起"。我不太清楚，这个时候，除了说"对不起"还有什么能够表达我的心情。说好了相互安慰，而我先逃避了。洗机器的活很累，但另一方面，我又希望洗的时间能够长一点儿。不知道我们洗了多久，机器被灯光照得发亮。

快下班的时候我对刘利说："我先去富贵阁。我想富贵阁肯定也需要男人在厨房打杂什么的，有了这方面的情报，我马上通知你。"他谢了我。我接着说："也许你去了富贵阁，就不必急着回国了。"

刘利问我："面接的时候，有没有让你出示外国人登录卡。"我怎么忘记了这一点，这才是最大的问题。不等我回答，他又说："再说，这个工场是封闭的，老是这几个人，我用不着害怕。"我点了点头说："你说得对。我明白了。"忽然，我觉得非常非常沮丧。

干活的时候我老是走神，陈师傅终于忍不住地对我说：

"你今天是怎么了？干活不是要两只手干的吗？"

我从来不喜欢说脏话，这时候心里却冒出了一个"操"字，但没有说出口。卫东问我要不要喝杯茶提提神。我说不用。过了一会儿，卫东低声地问我："你跟陈师傅之间有什么问题吗？"

我说："我去过富贵阁了。"

他望着我的脸说："没有被采用吗？"

我说："三天后就过去上班了。"

他高兴地拍了一下我的肩膀说："那你应该高兴啊。"

我说："还忘了谢谢你呢，多亏了你向我提供了情报。"

"哪里哪里，我只是通风报信，事情的成败还是在你自己的运气。祝你一切顺利。"

要不要这么做，我真的犹豫了很久。从胜见美子家溜出来，我来到了一座公用电话机前，将几个铜色的硬币投进收钱口后，拨通了那个电话号码。

我的第一句话是："你欺人太甚。"然后一口气地说下去，"你乱用职权。为了报复我不做你的情妇，一直刁难我。不仅刁难我，还刁难别人。"我本来想说刘利的名字，但临时改成了"别人"。明明是电话，而我有一种奇怪的感觉，好像在看着陈师傅说话。我的手紧紧地抓着话筒，手心里出了不少的汗。陈师傅一直说"喂",我这才意识到应该也给他说话的机会。他说他很惊讶,想不到我这么没有礼貌修养。这时候我感觉有什么东西更加激怒了我,大声地说:"你以为我不知道你跟小林搞在一起吗?你让小林加班,其实就是在我们下班后,跟她在工场里做那种事。"陈师傅那边突然安静下来,但我没有停下来,"你卑鄙无耻下流。你故意跑到老板那里说我跟刘利的坏话,想老板炒我们的鱿鱼。"这件事是卫东告诉我跟刘利的。

陈师傅说:"如果我想炒你们的鱿鱼,你们已经离开工场了。我只是不想给你们涨工资。"

他的回答令我惊讶。还有,他的话里都是扬扬的得意。我觉得从来没有如此地厌恶一个人。我对他说:"你炒我们的鱿鱼,大不了我们再找一份工作。本来我们就是临时工,连待在日本都是暂时的。"

他竟然问我:"你们不是来日本挣钱的吗?"

我换了一个姿势说:"你可以炒我们的鱿鱼,但是我可以令你家破业失。我们现在的对话,我可以一字不改地告诉工场的老板和你太太。我知道你太太在哪家店里卖糕点。我也知道老板每天几点钟在哪里饮茶。最主要的是,你要继续生活在日本。"我知道我这么做既幼稚又疯狂。而且我流泪了,一种污浊的东西一泻千里般地从我的感觉中逝去。我迟疑了一下说:"我想你是个人渣。"不等陈师傅回话,我将电话挂断了。

夜里无法入眠,我想翔哥如果在这个时候给我来电话就好了。但是翔哥没有给我打电话。我失眠了。

工场位于石川町车站的北面。从车站到工场,是一条曲曲弯弯、又细又长的小路。想到要跟这条小路说再见,我的心里充满了迷惘和忧伤。有时候,我会情不自禁地唱起俄罗斯的民歌《一条小路》,想象自己的肩头上有一只鸽子。

小路的中间有一座很大的加油站。加油站的附近,总是集结着脏兮兮的蓬头垢面的流浪汉。他们总是拣角落坐着,屁股下面垫着纸盒。与他们一样目中无人,但又成强烈对照的是那群韩国人。每天路过的时候都能看到他们。他们总是通宵达旦地喝着酒,阳光照耀着他们,他们的面孔是紫红紫红的,像橄榄。他们的目光总是追随所有过往的行人,用我听不懂的语言打着看上去很猥亵的招呼。他们也向我打招呼,但我故意装着不看他们,低着头快速地走过他们的面前。那个瞬间,我会感到心脏上上下下地跳动。是的,跟刘利一样,我也有这种感到害怕的时候。

日本社会曾经是富余的,现在不景气也不至于贫困。过剩的生产中有一部分人不被社会所光顾。从某种意义上说,自由是安慰他们,给他们活下去的借口。他们大多数人与孤独、寒冷、饥饿和疾病为伴。是的,日本许多繁华的大车站和美丽的大公园里,生存着几十万流浪汉,他们是我对日本社会的新发现。流浪汉像日本社会的一块不体面的招牌。

今天,我第一次对那几个韩国醉鬼们做了一个打招呼的手势,他们"哇哇"地欢笑起来。如果我没理解错的话,他们是快活的,一如我的心情,也是快活的,那种带点儿幸灾乐祸的快活。

不等我推开工场的大门,陈师傅先从门缝里挤出身来。他小声地对我说:"我认为,我们两个人需要好好地谈一次话。"

他用手指着我曾经用来休息的那个台阶,他曾经在那里吻了我的额头。我随他走过去。他站在台阶上,我站在他的对面。他对我说:"昨天,你挂了电话后,我想了很多。"我觉得他大概又要恫吓我了,故意将身体挺得笔直。想不到他以温和的口气对我说:"本来呢,我是真心喜欢你,所以才想给你钱,希望你能够跟我在一起的时间多一点。你知道,喜欢一个人的时候,都想在一起的时间多一点。但是,没想到你拒绝了我,而我又小心眼,在一些小事上刁难了你。这是我的错。我错了,对不起了,你可以原谅我吗?"

他等着我的回答。我看了看四周,一切都跟我上一次来工场的时候一样,这使我冷静下来。从某种意义上说,他的行为,其实并没有什么大不了的问题。无论如何,通过这件事,即便我离开工场,相信他也不敢刁难刘利了。我朝他摆了一下手,意思是事情已经过去了。他看了后就笑着说:"谢谢你。"

8. 初恋初夜初吻

翔哥喜欢更换约会的地点,我也无所谓,只要跟他在一起,无论是什么地方,我都会欣然前往。他说今天在新丸子车站的检票口等我。新丸子也在东急东横线上,离纲岛很近,我到的时候他已经到了,在检票口旁边那个卖香烟的小柜台前看报纸。

我走到他面前,看见我,他二话不说牵着我的手就走。他走得很快,大约五分钟,在一座咖啡色的公寓前站住。公寓有五层,很新,应该盖了没有多久。我问他:"又是情人旅馆吗?"

他说:"你就会往这方面想。"

他让我跟着他一起进公寓,乘电梯,在四楼下来,向右走了没几步,停在一个房间的大门前。他从口袋里掏出钥匙打开门,让我先进去。

脱鞋子的时候,我看见翔哥脚上穿的是灰色的袜子,上面绣着一只可爱的兔子。因为"鳄鱼"牌T恤衫那件事,后来我慢慢学着去了解一些衣物的品牌,所以知道他穿的袜子是花花公子。

翔哥示意我看房间,然后问我感觉怎么样。不过呢,跟一般的房间并没有什么不同,只是氛围很合我的兴趣,感觉上比较舒服。咖啡色的双人床,米色的床单和被褥,米色的双人沙发,米色的地毯,米色的窗帘。有一缕阳光流在窗前的幸福树的树叶上。隔壁是厨房,再隔壁是浴室,翠玉色的浴缸透出温馨。

翔哥对我说:"从现在开始,这里就是你的房子了,你随时可以搬过来。"

看见我不理解的样子,他慢慢地跟我解释。原来,他认识的一个女孩,刚刚租下了这个房子,想不到她妈妈来电话,让她无论如何也要回去帮忙打理在台北的酒吧。但她打算两年内回日本,所以不想跟房东解约,又希望有人暂时住在这里替她付房费，这样她回日本的时候就不用再租房子了。她真的很聪明，会精打细算，要知道，在日本租房子的时候，事先要交一个月的礼金和三个月的押金，这可是一笔数目不小的钱。

我打开衣橱，发现女孩的衣服都在里面，有一件粉红色的毛衣非常可爱。说到转租这个房子的缘由，翔哥对我说："如果不是你每天回家都要路过那个坟地，也许我也不会帮你租下这个房子。"

让我感到惊奇的是房子的门牌号码，竟然是四十六。我的生日是四月六号。也许是第一次，我相信人生真的有很多神奇的地方。这房子跟我一定是有缘分的，说不定就是等着我来居住呢。我兴奋地对翔哥说："没想到这么快就可以有了自己的房子。这种感觉真好，心里真高兴。女孩又将房间布置得这么舒服。"

不过，高兴的同时我其实担心房费会不会太高。问他一个月要多少房钱，他回答说："房费的事你就不用管了，直接走我的账户。"

我说："这样不太好，至少我可以付一半的房费。"

他摆摆手说："你就不用客气了，反正房子是我擅自租的，以后我们见面的时候就在这里见好了。"

我想他说得也对，就接受了他的建议。他问我打算什么时候搬过来。搬家又费时间又费精力，我一个女的，没有搬家公司帮忙怎么行啊。我说："等我联系搬家公司，看看定在哪一天。"

他回答说："找搬家公司干什么啊。你那点东西，叫一辆出租车就够了。干脆就明天吧，我来帮你搬家。"

他说得很对，我的东西不过就是几件衣服和几本书。他给了我一把钥匙，说他自己也留了一把。他还说："以后再约会，不用在车站等了，我会直接到这里来。"我说好。

我坐在翔哥的身边，他的手挽着我的腰，我觉得很舒服。他抽回手的时候，我觉得呼吸变得自由了。不久，他开始默默地看着我，这时候他的眼神，早在那家叫富士的情人旅馆中我就已经抚摸过了。我将头发拢到脑后，往他的身边靠了靠。我跟他挨得更紧了，能感觉到他身上散发出来的热气。说真的，我有点儿迷迷糊糊的了。他的脸贴近我，嘴唇压在我的嘴唇上。我全身涌过了一阵冲动。我说想洗澡。他同意了。我让他先去洗，他去浴室不一会儿就出来了。我刚进浴室，没想到他突然推门进来，我浑身是水，头发都甩在脑后。他紧紧地抱住了我，这时候我完全迷糊了。

去居酒屋喝酒的时候，我觉得很饿，狼吞虎咽地往肚子里塞了好多东西。

翔哥走了以后,我不想回胜见美子家,于是给她打了一个电话,让她不要担心我。我又洗了一次澡,趴到床上后,一直在枕头上寻找翔哥留下来的气味。我一直躺着,根本睡不着。不知道为什么,我在这时想起了零儿。

零儿是什么?是我的初恋初吻初夜。是我曾经拥有过的家园。

初恋。

我看见零儿笑眯眯地站在画廊前,正和一个女孩子说话。女孩子大大的眼睛,黑色的皮肤飘出一股含蓄的诱惑力。我散散漫漫地将目光落在零儿身上。没想到一个男孩子会有这么白皙的肌肤,这样淡远的嘴唇。零儿看起来潇洒飘逸。零儿的嘴闭上了,闭上的嘴唇荡出一股宁静的回波。突然,零儿的脸转到我这边儿来了,他冲着我微笑了一下,刹那间,我的心摇荡起来。后来,零儿告诉我说,那天他看我的时候,正值光天化日之下,觉得我身上有一种媚入骨髓的忧郁和散漫。

这时候,我真想走上前去跟零儿打招呼,但我没有动。零儿也没有动。

大眼睛黑皮肤的女孩子踢踢踏踏地走了,零儿开始朝我这边走来。天啊,零儿好雄伟,零儿走过的地方,天空和大地突然都异样灿然地空旷起来。我被灿然的空旷占有且充满了。一种暗自被我苦恼过的期待,因为零儿的出现而实实在在地降落在我的身上。

零儿问我想不想跟他一起去电影院。我说想。第二天,我跟着零儿去了电影院。看完电影,零儿执意要送我到家,我答应了。

我不记得那时看的电影是什么了。那个时候,年轻人恋爱就是去电影院看电影。现在想一想,那个时代的男女恋爱其实蛮可爱的。两个人的腿紧挨着,男孩子攥着女孩子的手。人少的时候,男孩子会偷偷地抚摸女孩子的乳房。赶上运气好,买到最后一排的座位,男孩子会吻女孩子的脸蛋。

我想这是我这一代人对恋爱的记忆了。每个时代都有每个时代独特的记忆。

第二个星期天,零儿又来找我。想来想去,我们还是决定看电影。从电影院里出来,地面是湿的,原来我们看电影期间下了一阵雨。零儿带我去路边的树丛,偶尔有亮晶晶的水珠从树枝上滴下来,湿了我的脸。零儿牵过我的手,揉搓了一阵,然后对我说:"你的手真软,真想用这只手弹一首好曲。"

我笑得喘不上气。零儿摘下眼镜，一边望着我，一边笑嘻嘻地把眼镜揣到衣服的口袋里。我知道他要吻我了，心里面痒痒的。他把我紧紧地抱在怀里。丛林的路灯突然熄灭了，黑暗推出大块大块的浓雾。零儿很激动，甜丝丝的口水好多都湿在我的耳际，我的睫毛，我的面颊，我的口里。

在我和美丽的零儿交往期间，有半年的时间就是这样，零儿只和他的朋友我的朋友谈我，和我单独在一起的时候，就只是享受来自肌肤的温馨。我们相亲相爱。

有一天，零儿突然买了各式各样的香水和化妆水送给我。我打开香水瓶，在耳际洒了几滴香水，立刻觉得神清气爽。虽然天已经很黑了，我们还是心血来潮地去了湖边。两个人坐在一棵树下看雾蒙蒙的湖水，看了很久很久。有点儿冷的时候，零儿拾起身边的石头抛向空中，我看到小石头流星般滑落，在亮晶晶的湖水中激起涟漪。零儿说他喜欢这个地方。我说我也喜欢这个地方。过了一会儿，我突然问他："你喜欢小孩子吗？"

他说喜欢，接着对我说："我想过了，将来，等我有了自己的小孩子，我会年年带他来这里，年年一起拍纪念照。"

我的心哆嗦了一下说："你好可爱。"他转身扳过我的肩头，我们一起倒在地上。在这个午夜的时刻，零儿需要我，在静静的午夜的时刻，我和零儿被一种刚刚认识的新奇激动得哭泣起来。坐起来后，零儿对我说："你永远都不要离开我。"

因为零儿爱我，需要我，因为我们和其他男男女女在一起时一样做了习惯做的事，零儿更加孤零零地来爱我了。有一句话为情到深处人孤独，零儿到这种时候已经是痛苦不堪了。零儿跟我结了婚。我成了零儿的太太。

但是，我跟零儿在一起生活了不到一年就离婚了。在离婚协议书上签字的时候，零儿对我说："我们都没有过错，离婚是因为我们的性格合不来。"

我很想教训教训他，比如用脚踢他，或者抽他的耳光，但是我什么都没有说，什么都没有做。离了婚，我对一起睡过觉、吃过饭的零儿"还有感情"。从某种意义上说，零儿是我的"生活经验"。人跟人之间总是彼此理解的。

我从零儿的人生里跳出来，跑到了日本，但零儿常常会出现在我的梦里。

9. 梯子酒

今天我休息，翔哥又来了，当然是提前约好的。他穿了件很随便的T恤，水洗布裤子。他进门的时候我闻到了那股熟悉的香水味。他一进来就吻了我。从这时候起，我们不再说话。他拉着我去浴室。出来的时候我们的身上还带着水珠。我去把窗户关上。他打开放在床头的音响。是一首英文歌，我听不懂歌词，但是旋律令我的心直痒痒。我们跳到了床上。他教给我一种游戏，我们在床上滚了一阵。真舒服。

晚上，翔哥没有回家，留在我这里过夜。我们去外边喝酒，从一家居酒屋喝到另一家居酒屋，再喝到另一家居酒屋。在日本，这样的喝法很流行，形容起来就是喝"梯子酒"。回家的时候，他跟我说起了他太太的事。他还是第一次跟我说起他的太太。不过我听得迷迷糊糊的。他说要给我一大笔钱，让我去北京或者大连买房子，这样他退休后就可以跟我一起去住了。可是我好像不想要他给我买的房子。他看起来很高兴，问我爱不爱他。我不回答，只是无缘无故地笑，他跟着我笑。之后我们睡了一会儿。凌晨的时候，他突然把我叫醒,说是要赶始发车回家。他已经陪了我将近一夜,我已经很满意了。

他说走就走了。可是我没有想到,我的心怎么会这么难过。

10.亚洲的缩影

如果说制果工场是袖珍中国的话,富贵阁就可以说是亚洲的缩影。我在横滨中华街打工的三年里,几乎没有看见过欧美人在中国饭店里端盘子。听说日本人崇尚美国。在日本人眼里,最好的乐土是美国,最高级的人是美国人,会说英语的人受人羡慕。日本的各个城市,英语课外补习教室泛滥般存在着,而且总是人满为患,不少学生是两三岁的小孩子。欧美人几乎都在英语教室里做教师。欧美男人也是日本女孩追逐的对象。多少年后,我在一家国际翻译公司工作,英文翻译的工作永远都忙不完,工资非常高。其实,我忽略了非常重要的一点,即便欧美人想去餐厅打工,那么他们去的餐厅当然也多是西餐店。

横滨中华街是日本最大的唐人街,中国饭店、土特产店以及杂货店鳞次栉比,可以说是体验中国"美食"和"文化"的重要景点。富贵阁是横滨中华街上一家著名的中国饭店，老板也出生于台湾。除了本馆，还有富贵阁新馆和富贵阁别馆。老板有三个儿子，正好是一个儿子负责一个馆。我应征的是本馆。本馆一共有五层，一层接散客，平日也好，休息日也罢，因为一直有客人出出进进，一直得站着，完全得不到休息，所以最辛苦。二楼稍微好点儿，一楼的散客满座了才会开放。三楼是厨房。四楼是榻榻米房间，每间房的中央设置一个可以坐二十多人的大圆桌，平时不接客，只接预约的团体客。但是赶上休息日的前夜或者休息日，如果连二楼的散客也满座的话，那么就不得不接客。五楼跟四楼一样也是接预约团体客，但房间不是榻榻米，跟一楼二楼相同。

在富贵阁打工的人基本上来自中国、马来西亚、印度尼西亚以及新加坡，都是些二三十岁的年轻人。因为年轻人多，就使四楼的几个日本老太太看起来特别显眼。她们中年龄最小的也有六十岁。这个年龄的中国人，都在家养老照顾孙子，而她们却还在干年轻人干的体力活。以后再详细介绍，她们或是跟丈夫死别，或者是跟丈夫离了婚，或者是什么特殊的原因而不得不工作。部长在安排人事的时候，比较偏心日本人和在台湾出生的中国人。让我举例来说吧，一楼和二楼的员工差不多都来自中国、马来西亚、印度尼西亚以及新加坡。四楼只安排日本女人。五楼也安排中国人，但全部出生于台湾。平日，一楼和二楼的员工，因为忙碌而走得脚痛的时候，四楼和五楼的员工却坐在榻榻米和椅子上，一边听着饭店里放送的音乐，一边将白色的餐巾叠成美丽的花。花是用来装饰宴会的。

那时候，我觉得很多人瞧不起我们中国人，希望中国可以早日富裕起来。从这个意义上来说，中国后来的飞跃已经远远地超过了我的想象，令我惊讶。还是举例来说吧。东京最繁华的几个地方，比如银座、新宿、池袋、秋叶原以及涩谷，走在其间满耳充斥的都是中国话的喧嚣。如果去大商店，大把大把花钱的也都是中国人。这些中国人或许不知道他们花钱大方的样子，正成为日本电视新闻里的话题。是的，他们充满自信的样子就出现在电视里。听说日本的许多高级不动产都被富裕的中国人买走了。还听说富裕的中国人，不仅买走了日本的房子，还买走了日本的山以及山里的资源。

在中国举办奥运会和万博会的时候，我每天坐在电视机前看与中国有关的新闻，很兴奋。我来日本之前，每个月的工资是一百元人民币，回国玩的时候朋友请吃饭，一顿饭就花了几千元人民币。

有一次，我心血来潮地给一个叫和平的朋友打电话。他是我在国内做编辑时认识的文学青年，寡言少语，或许因为住在东北小城的原因，给人的感觉非常淳朴。

当年的他，是一个文学爱好者。我记得他是在一九八〇年开始小说创作的，我认识他的时候，正在一家杂志社做编辑，而他已经是小有名气的青年作家了。我发表过几篇他的小说。我到日本后，他开始写电视剧本。他自己说，刚开始写剧本的时候，许多写小说的朋友说他不务正业，写电视剧是为了挣钱。有一段时间，他自己也觉得难为情，觉得自己不太光彩，但剧本写完了，拍成剧了，在电视里上映了，却产生了很大的反响。这时候，他觉得电视剧是一种完美的艺术形式，而自己写剧本可以说是得心应手。他真的一部一部写下来，都拍成剧了，没有失败过。他说这就像交朋友，人家对你不薄，你何必轻慢人家呢。就这样，他彻底投向了电视剧本的怀抱，与之亲密相拥。从某个意义上来说，小说是创作，写剧本也是创作，都是创作。用他的话来说，他走的是现实主义创作的道路，没什么难为情的。至于钱呢，他说当然是越多越好。他说就因为有了钱，他家里雇了两个保姆，一个是做饭的，另一个是收拾卫生的。他说他太太每天健身美容。因为跆拳道可以保持漂亮的身段，他太太的跆拳道已经入段了。他又说起了对日本的看法。他说在日本期间，没看到街道上跑什么好车。我想知道什么样的车才算是好车。他说"外车"啊，比如他的自驾车"宝马"什么的。我告诉他，日本的大多数人喜欢用日本的国产车，原因不外乎两点，一是省油，二是服务好。国产车出毛病的时候，一个电话就可以进入修理阶段了，但外车就不同了，只能去指定的地方修理。日本人在这里选择的不仅仅是车，还选择了时间。选择有时候是一种概念。

11. 撼不动的大树

没想到我被安排在饭店的四楼。除了四楼的制服是和服，其他的楼层都是连衣裙。和服很好看，白底红线条。红是砖红。部长问我会不会穿和服，我说不会。四楼就我一个人穿连衣裙，灰色的，无领。名义上我是四楼的服务员，但是四楼没有客人的时候，楼层负责人会叫我去一楼帮忙。一楼的领班也出生于台湾，背地里大家都说她是富贵阁的一棵"撼不动的大树"。她在富贵阁干了几十年，是富贵阁创业时的元老。所以可以说，一楼虽然汇集了亚洲各国的年轻女孩，实际上却是台湾女人的天下。她姓陈，五十岁左右，如果有人提起店老板和老板娘，她就称他们为"爸爸妈妈"。开始的时候，我以为她跟店老板一家是亲戚，或者是关系特别好，原来不是这么回事儿。在日本，无论开什么店，老板娘一律都被称为"妈妈"，跟关系的远近毫无关系。她每天命令手下的女孩们做这个做那个，却又对她们不理不睬。我想她连做梦也没有想到，日后竟然会败给一个来自上海的女孩。我参与了全部过程，她败得很惨。我说的惨并非因为她被"爸爸妈妈"解雇，而是她从头到尾都不知道自己为什么输了，输在哪里。有一点她不知道，其实，她只要给日本警察打一个告密电话，面临的危机就会烟消云散的。

上海女孩的名字叫立新。她告诉我，来日本前，曾经是上海某家有名舞厅的红小姐。她的身材非常性感，真可以说是丰乳肥臀。不仅仅是乳房和屁股，连嘴唇都性感。她总是昂着头走路，步子很大，屁股一跳一跳的，看起来有一种张扬感。我跟她是同类，却完全相反，扁平的胸脯，扁平的屁股，小嘴，说话急不起来，声音又沙又哑。我看立新，有时会这样想，如果自己是个男人的话，大概想跟她上床。是的，她总是给我一种很放纵的想象。欧美人来饭店吃饭，几乎百分之百冲着她去，跟她打招呼，对她摆手说："哈啰。"她就悄悄地对我说:"又是在招呼我。混蛋!"说完后笑嘻嘻地迎过去。她的身体里似乎有一股摧枯拉朽的力量。

有一天,立新指着一对年轻的女孩对我说:"那对姐妹,是从福建来的。你知道她们也是黑户口吗?"

我不相信,回答说:"怎么会?她们亲口对我说是留学。"

"留学?如果是留学生,为什么不用去学校上课?为什么天天在饭店打工呢?"

她的疑问有依据,但是凡事也有例外。我说过,那个时代来日本的人,并非都是为了学习。就说我吧,没多久就对教授的课失去了兴趣。有一天,我跟教授说出了心意,告诉他我现在只想体验一下日本的生活和文化,也许将来可以写几篇散文和小说。至于学分,反正我也不想要什么硕士学位,毕业时我按规定提交论文,学校给我个结业证明就行了。我对立新说:"我也是留学生,也不是天天都去学校。"

"但是我非常讨厌这对福建姐妹。"

我说:"她们也是出来赚几个钱,也不容易,得过且过吧。"

"告诉你吧,如果不是因为我自己也是黑户口,早就给日本警察打告密电话了。"

有时候我觉得很幸运，在立新的眼里，好像除了我以外，看什么人都不顺眼似的。

关于那对福建姐妹，一高一矮，都比较瘦，一个喜欢笑一个不跟人说话，但都是白白净净的，看起来就像两只温柔的猫。她们总是形影不离，早上一同走进饭店，白天一起端盘子，下了班再一同离开饭店。与立新相反，她们瘦弱，走起路来步履轻盈。虽然她们其中的一个人单独拿出来看是贫弱无力的，但两个人绑在一起的话，这么说吧，姐妹相依为命的情景，还是令我非常羡慕的。她们常常跟我说话，有时还跟我说说父母的事。我没有理由不跟她们说话。

我至今也不知道立新的男朋友叫什么名字。我到饭店的时候，大家已经称他"乌龙茶"了。很奇怪，我从来也没问过这个绰号的缘由。一般地说，打工的人都不太喜欢他，但是楼层的支配人以及部长都喜欢他。他长得挺清秀，中等个，下班后总是穿一身西装。我问过立新，乌龙茶不过在饭店端盘子，为什么整天西装革履的啊。她回答说："他不想找事。"我问什么事。她说："乌龙茶也是黑在日本的，日本警察不会查询一个穿西装的人吧。"

我想起留在制果工场的刘利，犹豫要不要特地去告诉他这个对付日本警察的方法。好几次我看见乌龙茶偷懒，福建姐妹偷偷地骂他："没有道德！没有良心！"但领班或者楼层负责人在的时候，乌龙茶干活很卖力。这时候，福建姐妹又会骂他："真会装样。当面一套背后一套。"

实际上，谁也不知道，我曾经在楼梯上碰见乌龙茶给桥本送礼物。乌龙茶的工资每小时比我们高出一百五十日元，一个月比我们多拿好几万日元。福建姐妹曾经问我是否对此感到不公平，我回答说不。打工已经很累身体了，我才不想累心呢。还有，几万块罢了。翔哥为我付的房费也差不了多少。最主要的是，乌龙茶的工资跟我没有关系。

12. 初玩扒金库

翔哥对我说："今天，我们先去扒金库。"

我还是第一次进扒金库。那是一间吵得令人神经衰弱的赌厅，银色的弹子在转动的机器里哗哗作响。抽香烟的人很多，烟雾弥漫。我问他怎么突然间想起玩扒金库了。他说从来没有赌过的人运气比较旺，越是生手越是会赢钱。他从钱包里抽出五千日元，往机器里塞的时候对我说："不多试，就试五千日元，赢了就赢了，输了也不加钱了。"

我想这样我也可以过一把赌博的瘾了，就高兴地答应了。他教我如何转动机器，还没等我明白是怎么回事，机器已经停止转动了。我以为机器出毛病了，看他，他却拍了拍我的头说："看来你这个人没有飞来的横财和偏财。"他说得对，我从来不会赌博或者买彩票，也没有捡到过一分钱。或许我的样子像一只苦恼的猫，他对我说："今天我们去吃大餐。"

我问他："见到我之前你赢了吗？"

他回答说赢了很多。我呢，想象一个人连续几个小时坐在机器前，沉醉在不可捉摸的兴奋中，而赢的倍率只有百分之一，或者是万分之一，甚至是亿分之一，就觉得这个人会铤而走险。总之，我第一次对翔哥生出了一丝不安的感觉。然后，我意识到，我一直都不知道翔哥在哪里工作，工作的内容是什么。他从来没有跟我说过，而我从来也没有问过。

饭店是一栋古色古香的两层小楼。翔哥说是日式饭店。进了大门，映入眼帘的是一座假山。假山下有小桥流水和茅草房。小桥下，溪水流过两岸的人家。隽永华丽。我很惊讶，想不到中国的古典诗词会在日本的饭店里，以这种形式完美地再现出来。我的脑子里瞬时出现了马致远的《天净沙·秋思》里的诗句。这时候，我觉得满怀都是乡愁了。说到乡愁，其实我对"故乡"并不是十分热爱，也从未感受过所谓境界般的"乡愁"。早年回国是因为妈妈在。而现在故乡与他乡已经不存在什么距离问题了。微信与网络，使人跟人一息相连。如今妈妈不在了，我根本不回故乡了。但不回故乡并不等于我不爱那片土地。

儿时暗记过的诗词一股脑儿地拥到脑子里。我不由得说了一句："长恨春归无觅处，不知转入此中来。"说完后感到戚然，一时竟想流泪了。可能感到我有什么地方不对劲儿，翔哥问我怎么了。我说没什么。

他问我："是不是还没有开始吃东西，却已经感到很满足了。"

我说是。他说日本有很多类似的地方，总能满足我们对中国文化的迷恋和想象。我非常感动，对他说："谢谢你。"

才知道这家日式饭店是螃蟹专门店。

身穿和服的日本女人将我跟翔哥引到二楼的一间大屋里。榻榻米上坐着一男一女，看样子在等着上蟹。我跟翔哥坐在离他们不远的地方。一个房间里就两对客人，我觉得很别扭，心想如果是单间就好了。我一直喜欢居酒屋那种乱糟糟的感觉，谁也不用在乎谁，因为谁都不会在意谁。看出了我的拘谨,翔哥让我放松点,还告诉我不用正坐,把腿伸直了就好。我本来也不会正坐,于是把腿伸到桌子下面,但偷偷地朝那对男女看了一眼。他们已经开始吃了。翔哥说:"我之所以喜欢日本,有一点就是在日本没有你这种人为的拘束感。日本人才不会在乎我们是什么关系,不会在乎我们叫什么菜,也不会在乎我们怎么坐,会不会大声说话。除了不要触犯法律,剩下的基本上可以为所欲为。日本是世界上最自由的天堂。"

他的话令我的拘谨放松了不少。再看那对男女,女人确实没有正坐,两条腿放在桌子下面。

房间里回荡的音乐是莫扎特。后来我发现,日本人真的是偏爱莫扎特。跟迷信差不了多少,很多日本人认为,如果让自己的小孩子从小听莫扎特的话,小孩子有可能成长为天才。电视里的广告曲,以及饭店、幼儿园或者商店里放送的曲子,很多都是莫扎特,简直可以说是泛滥。音乐对于我来说,跟一种被抚摸的感觉差不多。音乐似物质,以各种各样的形状来击打我。音乐有多少个形状我就会产生多少种心情。心痛了,哀伤了,兴奋了,快乐了。我不懂音乐但是会喜欢音乐。我不懂音乐但是会迷失在音乐里。

最先上来的是酒。这一次,翔哥要的是用热水烫过的日本酒。说到日本酒，它在日本的传统中占有非常重要的地位。比如人生最为重要的日子——结婚，基本上离不开日本酒。现在的日本，四季已经不是很分明了，但是我刚来的时候，真的可以说是"四季分明"。日本酒有强烈的四季感。春天赏樱花，喝"花见酒"。夏天喝"越夏酒"，夏天热啊。秋天喝"月见酒"，秋天的月亮好看啊。冬天喝"雪见酒"，冬天的雪浪漫啊。酒被装在陶瓷的酒壶里，壶口飘出思绪万千的馨香。

翔哥告诉我，日本将酒壶称为"德利"，而酒杯则被称为"猪口"。日本女人端来的酒杯是由白色陶瓷制作的，杯底有两个蓝色的同心圆。我问翔哥"圆"有什么寓意，他回答说，"圆"也叫"蛇目"，没什么寓意，不过用来判断酒的色泽。接着他还告诉我，喝日本酒要以右手持杯，左手托住酒杯的下方。酒不能一口喝完，先喝一口，将酒杯放在桌子上。剩下的量要分数次喝完。最后呢，杯底要留两成的量，直到添酒前才一口喝完。

不过翔哥说我们来不是为了品酒，所以不用在意这些规矩。他说他之所以跟我说这些，是为了我将来写作的时候可以有个参考。他对我说："再说下去酒就凉了。"于是我们默默地将杯子碰了一下。

等着添酒的时候,翔哥突然在桌子下面抓住了我的脚,问我:"走了一天,你的脚会不会很累?"

我说当然累。他开始按摩我的脚。我穿了一双黑色的棉袜,但还是觉得很舒服。不过我的心又痒痒了。说真的,长这么大,他可是第一个给我按摩的男人。他的抚摸很温柔。他问我:"舒服吗?"

我点了点头。这时候第二轮酒也上桌了,我想敬他一杯,但是他不让。他拿起酒壶为我的酒杯添酒。刚才已经说过一次了,我的心痒痒的。我谢了他,然后一声不响地看着他。这一刻,我觉得我是很爱他的,但是我没有告诉他,我想他对我的爱一无所知。他问我为什么不说话,为什么看他。我笑着喝了一口酒,说我想起了大连。他又问我大连是一个什么样的城市,我告诉他:"有大海,很漂亮。那里的人说话有螃蟹味。"

他笑起来说:"我想象不出带螃蟹味的话是什么感觉。"

我就给他举了几个例子。比如吃饭说"歹饭"。再比如别吹牛了说"败泡了"。还有傻瓜说"彪",等等。于是我们一起笑起来。我偷偷看了一眼旁边的那对男女。

说到大连,其实我在那里生活了十六年。小时候,因为特别穷,为了省菜钱,妈妈三天两头带我去海边捡海草,捉干贝和螃蟹。几十年前的大海真的可以说是"碧蓝碧蓝"的,一点儿污染都没有。沙滩上很多褐色的小蟹横行霸道。我和妈妈将捡来的小蟹装到随身携带的塑料袋里。小蟹被我们拿回家后,用菜籽油煎了吃。肚子饿的时候,我和妈妈就拿出随身携带的小铁锤,敲礁石上的海蛎子。用大连话来说,捡海草捉螃蟹就是"赶海"。每次去赶海,我跟妈妈都是只带干粮,也就是用玉米面做的饼子。我跟妈妈就着海蛎子吃饼子。说真的,本来是吃腻的玉米面饼子,因为有了海蛎子,竟然变得特别好吃。再说那些煎过的小蟹,金灿灿的,又香又脆,真的是太好吃了。一直到今天,金色的小蟹仍然拖着童年时我对大海的嗅觉。

关于螃蟹,日本有三大名蟹:北海道的帝王蟹和毛蟹,以及山阴县和鸟取县的松叶蟹。令我感到惊讶的是,蟹的吃法非常讲究。上的第一道蟹是松叶蟹刺身和寿司,蟹肉富有弹性,味道甘甜。第二道蟹是火锅。锅料里我只认识海带,水翻腾了,轻涮蟹肉,蘸醋酱油吃。第三道蟹是跟炭烤炉一起上的,蟹肉沾柠檬汁吃。最后是煮蟹,没有调料,直接享用盐味。

童年的嗅觉是一个怀念的陷阱。那天晚上,翔哥走后,我不知道为什么忽然想起了妈妈。妈妈是一个声音沙沙的女人，多年前因为感冒并发肺炎而突然离开了人世。我有过很多的遗憾，没有让妈妈品尝到有这么多吃法的螃蟹是我无数遗憾中的一个。妈妈的死令我悲痛欲绝。妈妈去世时我没有能够在她的身边陪伴她，又是无数遗憾中最大的一个。有人不理解我为什么总是在小说里写到妈妈，还说她看得都有点儿烦了。说真的，她的疑问令我惊讶，我无法回答她。事实是我非常爱妈妈，而爱一个人，是不需要理由的。这一点，她不懂。夜里我失眠了，感情混乱，脑子里总是出现跟妈妈最后一次见面的事。

13. 失神

翔哥说性的高潮其实就是"丢失"了自我。玛格丽特·杜拉斯在《情人》里说："开始是痛苦的。痛苦过后，转入沉迷，她为之一变，渐渐被紧紧吸住，慢慢地被抓紧，被引向极乐之境，沉浸在快乐之中。大海是无形的，无可比拟的，简单极了。"说真的，她说了那么多感觉，而我只喜欢"简单极了"四个字。翔哥问我对"高潮"有什么样的感觉时，我回答说:"失神。"我觉得他不理解我话里的意思，我本来的意思是"神魂颠倒"，但是他再也不跟我谈"感觉"了。

有些事我本来是不想说的。实际上，翔哥对于我来说，并不仅仅是单纯的"浪漫情人"。一开始，我只是迷恋他，想跟他在一起待着，但慢慢地，我开始模模糊糊地期待着新的展开。人的欲望是不是真的没有止境呢?

有一天，因为翔哥是一大早来的，所以我们都不想去外边。我刚起床，身上还穿着生日那天他送给我的睡衣。我坐在沙发上，他就坐在我的身边。我觉得闹心，不清楚自己除了他在身边陪我之外还想要什么。窗外的阳光越来越强，都照射到床上了。光线太亮了，我的眼睛有点儿不舒服。我将窗帘拉上，房间似乎寂静下来。看起来跟没话找话似的，我问他:"万一，你太太发现了，你有想过她的感受吗?"他问我发现什么。我说:"发现我的存在啊。"

我感到有点儿厌烦自己。他站起身，去厨房冲咖啡。我跟他道歉，说自己问了不该问的问题。他转过半个身子对我说:"我总是很少待在家里，她已经习惯了。"

但这一次，我没有再追问什么。说真的，他回答时所表现出的冷静感令我惊讶。更令我惊讶的是他说他不经常待在家里。不知道为什么,我的心里竟偷偷地生出一种欢喜,因为对于我的期待来说,他的话给了我非常大的可能性。我快被期待兴奋得晕倒了。他只冲了一杯咖啡,对我说:"让我们用同一只杯子喝咖啡好了。"我说好。他喝一口,我喝一口,他再喝一口。他穿了一身我没有见过的衣服,大概是新买的。他迟疑了一下,对我说:"其实我懂你的意思,也明白你的心情。不妨告诉你吧,我跟太太已经到了考虑协议离婚的阶段了。"看到我惊讶的样子,他赶紧解释说,"你不要多想。这事跟你没有关系,已经是老早以前的事了。"我不说话,他接着说,"所以我让你在大连买房子啊。依我看,哪个女人都应该明白买房子意味着什么的。"

我说:"是吗?"

他说:"你怎么这么傻。有时候真觉得你挺傻的,又土又傻。"

我转过身看他,他的眼睛发亮。我有一种冲动,想自己上去抱抱他。但是我从来没有主动拥抱过一个男人,所以忍着不动。至于他说的房子,我不是不希望他买,是想"到时候了"再买。比如他真的决定跟我结婚,而我们决定去大连的"那个时候"。他说我是个老实人,换了别的女孩,也许巴不得他赶紧买房子。他不知道,这时候,我心里想要的是他，而不是什么房子。我真的太爱他了。

时光过去了好多年，我到现在还记得他那时候对我的表白。出乎意料的是，他突然问我："你知道每一个男人，从童年的时候开始，就有他心中理想的女人吗？"我说我不是男人，但是想知道理想中的女人是什么样子的。他指出："男人头脑中的理想女人，通常跟妈妈有关。要么是接近于妈妈，要么就是跟妈妈正相反。"我想他说得对。我因为一直讨厌爸爸，所以长大后恋爱的男人，都比我大很多。回过头来想想，所有跟我交际过的男人，他们的年龄几乎都可以做我爸爸。我曾参照心理学来解释自己的选择，答案就是，我在找男友的同时，也在寻求一种父爱。

他又问我："知道我喜欢你身上的什么地方吗？"我摇摇头，说不知道，然后说想知道他喜欢我身上的什么地方。他回答说："你安静但是苦恼，你紧张但是克制，你温柔但是野性，你单纯但是复杂。你身上有我说不清楚的矛盾和对立。我喜欢这样的复杂性和多重性。"说真的，我被他绕得糊里糊涂的，根本不知道他到底喜欢我身上的什么地方，我只是觉得他欣赏我。这时候我还年轻，初情悲恋都令我感到满足。

"你知道，"他接着说，"我现在有一儿一女，但算命的说我命中有两个儿子。我想来想去，另外的那个儿子肯定是你日后为我生下来的。"

他说这话毫无意义，但我回答他说："希望日后你能够如愿以偿。"他使劲儿地抱了我一下。窗外传来沙沙的声响，我打开窗帘，对他说："下雨了。"

午饭是翔哥去外边买的盒饭，但我太兴奋了，根本就不饿。他也只吃了一点点。我们一人喝了一罐啤酒。晚上，他离开前在大门口穿鞋子，临出门的时候，突然转过身面对面地看着我。我本来就觉得心痛，他却突然用手指戳了一下我的胸口，对我说："你要记住，我一定会送给你一个戒指。我要在戒指上刻着'永远的爱人'五个字。"他戳我胸口的时候，戴在他手上的结婚戒指正好触碰到我裸着的胸部，一股寒冷的气流滑过我的全部神经。我打了一个强烈的哆嗦。

翔哥离去很久了，而我还站在门前不想动。他戳过的地方痛得像一个伤口。我用手捂着那个伤口。不知道为什么，这时候我会想起大学时代读过的霍桑的小说《红字》。那时候我曾经打过同样强烈的哆嗦。红字是女人纯洁无比的爱情，是男人和女人，是罪与罚，是爱与恶，是通向未来爱情的无止境的黑暗。

我站了很久很久，直到鸡皮疙瘩从我的肌肤上消退。

14. 红日子

我最害怕的日子还是来了。从四月二十九日到五月五日，日本的日历牌是一连串的红字。红字是休息日。这个期间是由好多个节日组成的公众假期，也就是大型连休，被称为"黄金周"。其实，"黄金周"是日式英语。一九四八年立法规定连休日子后，一些电影院为了招揽客人开始使用这个说法。具体地说，除却星期六和星期天，四月二十九日是昭和之日，五月三日是宪法纪念日，五月四日是绿化节，五月五日是儿童节，而这一天也是端午节。说起来，日本有三个大型连休假期，除了"黄金周"，另外两个是元旦和盂兰盆节。元旦和盂兰盆节是日本的传统节日，大部分人为了团圆和扫墓而回乡度假。但"黄金周"非传统节日，又赶上春暖花开，所以成了日本人游玩的大好时机。作为著名景点的中华街，可以说是人挤人，各家饭店的门前都排着长长的队伍。在日本待过一阵的人，也许知道"五月病"这个词，与"黄金周"有着很大的关系。日本的新学期、新人入社以及职场内的部署移动，都是在四月初。到了四月末，新的环境还没有适应,"黄金周"将积压的紧张和疲劳一口气喷出去,再回学校和工作岗位的时候,有缓不过劲的懒洋洋的低潮和焦虑。但这个"病"跟我没有丝毫的关系。

一大早,立新就唉声叹气地说:"啊,还不到十点,饭店还没有开门呢,已经有上百人在排队等着吃饭了。"

我望着脚上的新鞋,是昨天晚上买的。我对立新说:"你说脚会走肿,我特地买了一双大号的布制鞋。"立新取笑我,说我"只担心脚而忘记了腿",她说两条腿会走成"两根木棒"。

不久,部长打电话给楼层负责人,通知我上四楼。不用猜,二楼的客人也满了。我对立新说,四楼都是团体客,大盘子大碗,又是榻榻米,看来我今天得小心腰了。她对我说:"今天可是连休的第一天,你得悠着点儿,感到受不了的时候,偷偷地去厕所的便座坐一会儿。"我觉得很害怕。我还是第一次赶上黄金周,无法想象会累到什么程度。不过,累就是累,累是不会令人感到舒服的。

言归正传。我去四楼,远腾、池田、增山和藏下穿着和服,一副整装待发的紧张样子。关于这几个上了年龄的日本女人,我想可以用同一个名字来称呼,就是"阿信"。

多少年前,国内放送这个电视连续剧的时候,不知有多少人被感动得热血沸腾。闽南语有一首歌叫《爱拼才会赢》，由叶启田演唱，陈百潭作词作曲的这首歌，将人生比喻成海上的波浪，时起时落，但"三分天注定，七分靠打拼，爱拼才会赢"。曲调温柔，有一种淡淡的忧郁。看《阿信》的时候，我满脑子里都是这首歌。网上在介绍《阿信》的时候这样写道："长成大姑娘的阿信因感情失意离开米店，此后在那个动乱的年代里，学习美发、经商，经历着各种各样的生活挫折。但无论怎样，这个坚韧倔强的姑娘终于没有停下前进的脚步……"我看到远腾、池田、增山和藏下时，满脑子里又都是《阿信》了。

先说远腾。看起来有七十岁左右，感觉是四个人中最年长的一位。增山偷偷地跟我说过她的经历。大学毕业后结婚，丈夫在外企工作，随丈夫在美国居住过多年。但是，没想到她丈夫因病死在美国，成了异国他乡的一缕幽魂。据说，她丈夫死的时候，她还很年轻，但或许她太爱自己的丈夫，也或许她没有办法接受丈夫已经死了的事实，所以整个人变得神经兮兮的。她弟弟不放心，把她从美国接回日本。她丈夫死后，给她留下了大额的保险金和一幢二层楼的房子。按照日本的法律规定，她每个月还可以从政府领取一定数目的遗族年金。说真的，她根本不缺钱，但是大家都不明白她为什么还要在富贵阁干这么繁重的工作。尤其她无儿无女,根本也没有给子女留下遗产的需要。

富贵阁的员工一日三餐都可以在饭店里吃。厨房里的师傅多来自台湾和香港,午休的时候,去休息室的必经之路就是四楼。我经常看见增山拧他们裤裆里的那个"鸡"头。四楼与厨房之间这种其乐融融的关系使她们得天独厚。职员餐吃腻了,只要背着老板跟厨房的师傅打一声招呼,想吃什么师傅就给她们做什么。不仅如此,她们不想吃的时候,会跟师傅交涉,拿新鲜的鱼肉回家。

远腾看起来非常纤弱,不知道是否跟她的饮食习惯有关。我从来没看见过她跟师傅点菜,每次只要一小碗白米饭,吃的时候就在白米饭上撒一点点儿盐。她也从来不拿饭店里的鱼肉回家。

有一次,我看着远藤的背影对增山说:"远腾对我来说是一个谜,我觉得不可捉摸。"

增山说她跟远藤一起工作了这么多年,一样对她捉摸不透。增山跟我说起一件事。几年前,她有事去远腾家,敲了半天的门,远腾就是不开门。于是她通过门锁的方眼看远藤在干什么,原来远腾坐在一架很大很大的钢琴前弹曲子。增山对我说:"很奇怪,我看见她在弹钢琴,但是听不到曲声。"还有一次,说到我的在日签证,增山开玩笑地对远藤说:"干脆你收秋做养女吧,这样的话,不仅有人陪你照顾你,秋也可以入日本籍,永住日本了。"

我也开玩笑地说:"我想要的是远藤姐姐手里的财产啊。"

在日本,不管女人的年龄有多大,只要是单身,基本上都称姐姐。想不到远腾眯着眼睛吭出一声笑,对我说:"我家里有幽灵,我怕你来我家的话会吓到你。"

我觉得远藤更像她自己说的幽灵。我想她也许一直都在逃离。她受不了对死去丈夫的思念,一直都在逃离,逃离孤寂中的渴望。在我的想象中,富贵阁是她的逃离之地。她是一缕垂死的芳魂,也是一丝颤动的渴望。

其次说池田。人跟人之间的关系,坏到底,大不了说一声再见罢了。但在日本,每年有将近十万人"人间蒸发"。顾名思义,就是一个人跟水蒸发掉了似的突然消失,寻觅不到踪迹。这些"蒸发"掉的人,要么是躲在没有熟人找得到的地方,要么就是"结束了生命"。如果"人间蒸发"发生在夫妻之间,真的可以说是"最恶"。如果"人间蒸发"的人留下大笔的债务,那么可以说是"恶上加恶"。没有"蒸发"的人,即使想离婚,因为不知道人"蒸发"在哪里,办不了离婚手续,只好承担所有的乱七八糟,真的是死不了也活不下去。

池田在出生地京都读完了小学、中学和高中。她不喜欢学习，不想上大学，但是也没有工作，因为她很快以花容月貌取得了一个男人的好感。是的，她嫁给了京都的一位公务员。增山对我说："你知道，公务员非常安定，只要不犯罪，永远都不会失业的。"

许多人心目中的日本夫妻，也许跟我来日前的想象一样，正如井上靖在《我的母亲手记》中所描述的那样，他的母亲每天低着头帮丈夫擦皮鞋，跪送丈夫出门，或者妻子走路时要跟在丈夫身后三步远的地方，等等。其实这是明治和大正时代日本夫妻关系的模样。随着时代的变迁，日本女人的意识已经发生了很大的变化。日本现在非常流行"毕业婚"，解释起来就是不离婚，在同一个屋檐下生活，但是对配偶不加干涉，各自享受自己的生活方式。

现在，还是回过头说池田吧。跟大多数专业主妇一样，她每天早晨起来烤好面包，煎好荷包蛋和火腿，冲好热乎乎的茶。然后她丈夫会分秒不差地坐到餐桌前。用池田自己的话来说，第一任丈夫是个好人，但是缺乏情趣，平时两个人没有什么对话。她丈夫沉默不语地吃完饭，换好上班时穿的西装去大门口。池田送他到大门口。他头也不回地说："我走了。"

池田说:"早一点儿回来。"送走丈夫后,池田接着送上高中的儿子去学校。儿子对她说:"我走了。"她回答儿子说:"早一点儿回来。"这样的情景天天重复上演。

丈夫走了,儿子也走了,但池田依然精力充沛,却又无事可做。有一天,她坐在阳光普照的沙发上,看到窗外庭园里的树枝上停着一只小鸟。小鸟唱了一会儿歌,不久飞走了。她第一次找到了可以做的事情,就是为小鸟想象了几个只有小鸟自己才会知道的故事。出乎她的意料,她开始羡慕那只小鸟,因为小鸟可以自由自在地来去,可以自由自在地飞去自己向往的地方。增山对我说:"池田的脑子跟一个青椒没什么区别,里面是空的,所以想到什么的话,立刻就接受了。"

池田说她仍然清清楚楚地记着那个夜晚。

突然,风刮起来了,接着是雨,很混乱地倾泻下来。丈夫在酣睡。池田默默地取出白天准备好的皮箱。她说皮箱里装着衣物和几件贵重的首饰。她说她最后回眸庭园里小鸟停留过的那棵树时,发现树底下站着儿子。她说她根本没有勇气看儿子,跟逃亡似的匆匆地离开了。

增山形容池田是"那一个类型的女人"。但是我跟不上趟,不知道"那一个类型"是什么样子。我唯一明白的,就是池田是一个追求自由的女人。

按照池田自己的话来说，"不知道为什么会选择了横滨的中华街"。其实，有时候大多数人都无法为自己的选择找出理由。对于池田来说，或许横滨中华街充满了中国人，跟其他的地方完全不同。当一个人想摆脱现在的状况时，会挑选一个新鲜的地方。她一定以为横滨中华街跟外国差不多。

结果呢，她在一家饭店里找到了一份端盘子的工作。一次，在一个休息日，她去卡拉OK唱歌，没想到遇上了一位小她十几岁的男人。她跟男人情投意合，很快就同居了。反正她是"人间蒸发"，跟丈夫没有办离婚手续，而新男人也不要求她跟自己结婚。两个人在一起，就是为了痛痛快快地玩。一起去卡拉OK，一起去扒金库赌钱，一起去斯那库喝酒。虽然新男人跟她共同出钱租了一间小屋，但为了免去相互间的责任，各自挣来的钱各自管理。我甚至不敢相信，她跟新男人只在那间小屋里睡觉。除了电气、煤气和水道被刻意地停掉了，甚至连洗澡也要去公共浴池。两个人在商店里买水喝，肚子饿了，就在外边的餐厅吃饭。屋子里唯一的电器就是一个小冰箱，里面装的都是酒。两个人一起喝酒，喝醉了就一起睡觉。

涂着红嘴唇红指甲，头发被整齐地挽在脑后，穿着和服来来回回地走动在长廊里的池田，像极了浮世绘里走出来的美女。

只是，她说她至今也忘不了那个时候默默凝视着她离去的儿子的双眼。每次说到这里的时候，她都会说："历历在目。"说真的，她动不动就说起儿子，每次说起儿子的时候，都会从钱包里取出一张新闻剪纸。剪纸上记载着发生在京都的一起交通事故。事故的当事人正是她的儿子。她儿子骑的摩托与十字路口右转的自动车相撞。她儿子当场死亡。她说她是偶尔翻看报纸的时候发现的。但是我看不出她脸上和内心的悲伤。由此及彼，我会不由自主地联想起"祥林嫂"，以为她的悲伤是莫大的。池田流泪的时候还是一位妈妈。

池田正热衷于减肥。不知道她听信什么人的话，花高价在网上买到一种中药。她每天喝这种中药，因为是这个原因，她会控制不住地跑去厕所拉肚子，动不动就在大庭广众之下放响屁。她追求的一切都与她的年龄不相符。她活着是为了她自己的自由和自己的嗜好。但增山总是无法接受池田的这种"活法"，有好几次，她指着池田美丽的背影对我说："这个女人，越活越没有脑子了。"

接着说藏下。听她说一口流利的中国话，如果她自己不说她是日本人的话，谁都会以为她是中国人。她在日本的一家公司里做了几十年的会计，应该说是职业病吧，常年握笔的缘故，她的右手无法像正常人那样伸开，被认定为轻级残疾者。因为手的原因，她不能去前堂端盘子，只能在后边洗盘子和酒杯。

她的个头很矮，可能不到一米五。肤色很黑。身材很胖。她在日本公司工作期间一直没有结婚。退休后，她到横滨中华街的一家饭店找到了新的工作，在饭店里认识了一个中国男人，跟男人结了婚，结婚时已经六十岁了。

藏下的丈夫出生在上海，有一种江南男人特有的清秀，以及温柔缠绵的风情。听增山说，藏下对他可是一见钟情。而他呢，一直在中国饭店里打工，可能是想追求安定和永住资格，所以马上就跟藏下结了婚。跟日本女人的婚姻，给他带来了意想不到的好运，不久，他被饭店提升为楼层的负责人。他不仅不用端盘子，还利用职权，将他在日本的亲戚，一个接一个地介绍到店里工作。藏下说，他是好心好意的，但是好心没有得到好报。他的一个亲戚，因为偷窃店里的冷冻水饺和小笼包被老板解雇，而他自己呢，也引咎辞去了工作。辞职后，他的生活不得不靠藏下来支撑。本来藏下在见到他的那个瞬间就决定将余生献给他的，所以，如果是为了他，藏下什么都肯做。他当然感受到这一点。有一种爱，星火燎原般地烧尽了他心头隐藏的许许多多的杂念。他开始心甘情愿地待在家里做主夫。他买菜。他打扫卫生。他洗衣。他做饭。他偶尔也到富贵阁，对着藏下"妈妈"长"妈妈"短地叫。日本夫妻间随孩子称呼对方，所以藏下也"爸爸"长"爸爸"短地回答他，看起来真是恩爱无比。藏下虽然不好看，但她的笑容里，有一个普通女人一辈子的幸福。

最后说增山。对于每个人来说，没有谁知道明天会怎么样。如果没有那一次的意外事故，增山会跟千千万万的女人一样，过着普通的生活。她长得也很一般，不好看，但也不难看。她很少谈自己的事情。我只知道她结过婚，有两个男孩。在一次谈话中，我忘记了是什么缘由，话题转到了她丈夫的身上。她对我说："我丈夫死了。"

我吓了一跳，她永远都是笑嘻嘻的，看起来很明快的样子。我反问她："你是说死了吗？"她说对。我问她："是因病死的吗？"

她说是事故。我看着她眼角细细的皱纹，不敢问她是什么样的事故。她连说"事故"二字的时候，脸上都带着微笑。她看出我的心思，问我："你相信命运吗？"

我点了点头。于是她跟我讲她丈夫的事。事故发生在那个夏天的傍晚。一家人围着饭桌热热闹闹地吃了饭，因为天热，她跟丈夫喝了几杯啤酒。睡觉前，她的丈夫先去洗澡，但是过了很久都没有从浴室里出来。她说她以为丈夫因为喝了点儿酒,睡在浴室里了,但结果是不小心滑倒摔死的。她对我说:"摔下去的时候,这么巧,头会撞在浴缸上。"她说:"这是命。是命就得认啊。"认命是她活着的信念。我还是第一次从她的神情中看出疲惫。她注视着我,有点儿伤心地说:"我一个人还完了房子的贷款。"

我打断她:"买房子的时候,没有买生命保险吗?"

她说那时候两个人都很年轻,怎么能想到死呢。她加了一句:"说死就死了。这就是命。早知道会摔死,那天就不喝酒了,或者就不洗澡了。"

我回答说:"你都说是命了。"不久我又问她,"你没想到再婚吗?"她说没有碰到过合适的。我说:"两个儿子呢?"她说都结婚成家了。我问她:"寂寞吗?"

她突然哈哈大笑地说:"我有一只狗陪我。中国产的长毛狗。"我让她给我看狗的照片,原来是一只白色的狮子狗,也称西施犬。

增山在富贵阁干了几十年了,现在是四楼这几个老太太的班长。老太太之间也闹矛盾,但是没有人敢在她面前挑事。她很聪明,了解其他几个女人的个性,知道如何管理她们。有一次,她偷偷地对我说:"远藤跟池田不对付。不过只要她们老老实实干活就行。说真的,远藤不讨人嫌,但是干活的时候会偷懒。池田不招人喜欢,但是干活很卖力气。"

我说:"远藤已经七十岁了。"

她说:"我知道。"

我认识这四个女人已经有一段日子了,但是,无论是从上看到下,还是从里看到外,除了她们一样的年龄之外,我在她们身上找不到任何共同的地方,包括个性。我觉得她们都很可爱。就说池田吧,虽然我不认为她的人生观世界观是正确的,甚至我也不认为她是一个"好人",但是我喜欢她身上洋溢出来的"对生活的激情"。她们是一幅拼图里的独自的一片,有着属于她们自身的线条和图案。

当她们穿着和服,跪在榻榻米上为客人斟酒的时候,当和服的下摆露出她们仍然白嫩的大腿和小腿的时候,当她们微笑的时候,我总是不由得想起徐志摩那首《沙扬娜拉》。

日本有志摩半岛、志摩郡和志摩市,在三重县的东部。我常常想,徐志摩用这个名字的时候和它们有关系吗?还有苏曼殊,跟位于京都市的曼殊院有关系吗?日本的好多地名和寺院的名字真美。

15.桥本对我有那个意思

以为要在四楼忙一天,结果干了不到半个小时,楼层的负责人突然让我去五楼帮忙。

五楼是一个古色古香的大厅,饭桌都比较小,每桌顶多可以坐四个人。圣诞节和情人节的日子里,有情人光顾,基本上请到五楼。光线就是天井的几盏灯,空间里有夜晚和鲜花的气味。

几个女人跑前跑后地忙着送菜,看见我,领班阿珠匆匆地对我说了一句:"拜托了。"我经常来五楼帮忙,对阿珠笑了笑就当作回答了。虽然大厅里所有的桌子都坐着客人,但是非常安静。

一般的情况是,忙着上菜的时候没有人顾得上说话,但菜上到一定数量,客人开始慢慢享用的时候,大家就开始闲扯了。我不在的时候,不知道她们聊什么。我在的时候,她们总是充满好奇心地向我询问有关国内的一切。她们的问题很可爱。比如北京的夏天热吗?房子是高楼大厦吗?吃鸡脚猪脚吗?

她们利用午休的时间,使用香油、砂糖、辣油和食盐做菜花泡菜。她们用茶叶煮蛋,味道和我妈妈做的一模一样。她们跟我一样喜欢叉烧肉。她们在家里做好我没有吃过的台湾米粉,带到店里让我品尝。在五楼没有帮过几天的忙,但我跟她们好像相处了一个世纪。

五楼的负责人是部长的儿子桥本。有一天,他突然叫住我,问我愿不愿意从四楼调到五楼。我不愿意。虽然我被安排在四楼,但是,哪个楼层缺人手就去哪里帮忙。从某种意义上说,我到哪里都是帮忙,没有人计较我干得好坏,所有的人都感谢我。私下里我觉得自己得天独厚,并且自由。桥本似乎没有想到这一点,对我说:"五楼跟四楼不一样,没有客人的时候也不会让你去其他的楼层帮忙。平时不进客人的时候,你可以坐着叠餐巾。"我拒绝了他的好意,但在心里挺感谢他,觉得他对我蛮不错的。

今天特别忙,他不仅帮忙给客人送菜,顺便也会收拾那些空盘子。午休的时候,阿珠对我说:"秋,桥本今天特别体贴我们,我想是不是爱上了你这个新来的女生啊?"我让她不要瞎说。她又问我:"你会不会感动啊?"

我回答说:"他又不是帮我干活,我为什么要感谢他啊。"

我说的是真的。其实，我也感觉到桥本对我有"那个"意思，令我不可思议的是，他长得真的很好看，可是在他的身上有一种绝对与他人不同的东西。是什么东西呢？不好说，不好用语言形容。也许可以形容为"可笑的印象"。他做什么都令人发笑，他说什么都令人发笑，甚至他的眼神和笑容都令人发笑。

有一件事，只要我想起来就会发笑。前几天午休的时候，桥本跟我们嘻嘻哈哈地开玩笑，途中从口袋里掏出记菜单的小本子，画了一幅画。虽然他画得很用心，但是看起来有点儿稚拙。画的内容也很稚拙，是一支箭射中了一颗心脏。我知道那支箭是丘比特的箭。这么大岁数的人了，还玩这种游戏，我就忍不住地大笑。更加令我觉得可笑的是，他好像不在乎我笑他，很严肃地用笔在画的下面写了一个数学方程式：$1+1=$？他让我说答案，但我实在想不出除了2还会是几。可是他摇了摇头，告诉我说："1加1等于3，也可以等于4。"他的样子太认真了，我不好意思笑下去。他以为我在思考他的答案，劝我从生物学的角度想。看我还是不明白的样子，他开始劝我想想自己是怎么生出来的。他盯着我看，等着我恍然大悟。我现在还记得，他一边微笑着，一边用手指着他自己和我，解释说："你是一个女人，加上我一个男人，我们是1+1。但是，如果你跟我结婚，我们生一个小孩的话，那么1加1就等于3了。生两个小孩的话，1加1就等于4了。以此类推，1加1等于无限。"

他的逻辑也没有错。不过这一次，谁都知道他是利用这个数学方式向我求婚。他的求婚方式也给人一种可笑的印象。我一直笑。阿珠等其他的人也笑。他一离开，我们都拿他打趣，觉得很开心。阿珠说："秋，桥本长得挺好的，你下决心嫁给他吧。"我还是笑。

桥本是华侨二代，在日本生，在日本长大。但真正印证中华街发展历史的，却是第一代华侨。一八九五年，横滨开港后，包括中国人在内的外国人纷纷上陆。由于江户末代的武士经常袭击外国人，出于保护目的，日本政府设立了封闭型的外国人居留地。离横滨中华街最近的站名叫石川町，而石川町下一站的名字叫关内。所谓"关内"，就是居留地以内的意思。一八九八年，日本政府发布"内地杂居令"，日本人进入外国人居留地叫"入关"，反之叫"出关"。时至今日，关内仍然以繁多的酒吧而著名。

听说横滨中华街本来是一片空地，最早叫"唐人街"，也叫"南京街"。中国人的人口数最高时达六千人左右。一九五三年建造"善邻门"时，正式命名为"中华街"。日本人一度把中华街视为危险地带，但是华侨们凭借手里的菜刀、剪刀和剃头刀，一步步地改变了黑白并存的形象，将空地变成了喧嚣的集市。如今，关帝庙、十大牌坊和妈祖庙，更是提高了中华街的文化品位，成了美丽、安全的国际化街市。

桥本其实是在中华街出生，在中华街长大的。与其他二代不同的是，他没有接受中华学校的民族教育，因为他妈妈是日本人。他的中国话说得非常差劲，我想这不是他的错。我们跟他交流的时候，一半中国话，一半磕磕碰碰的日本语，而他正好相反，他的中国话是磕磕碰碰的。但是这一点根本妨碍不了我们跟他之间的沟通。反正，人跟人之间总会想办法沟通的。

阿珠对我说："秋，桥本对你有意，你无情但可以试一试。"她还说，"感情其实是需要培养的。"我摇头。她接着说："你是大女，桥本是大男。孤男寡女的，即使不结婚至少可以互相安慰嘛。"我还是摇头。于是她诱导我说："你知道吗？有时候爱情好像蒲公英的种子，随风飘荡，虽然不知道落在哪里，但不知不觉间会长出新苗。"阿珠的想象很抒情，不过实在可以说是愚蠢。再说我的房间里已经有了一张整理得干干净净的大床。

16. 一日间的两次奇遇

黄金周后的星期二翔哥带我去箱根。箱根本来是日本的温泉圣地，却以美术馆为骄傲。我们是一大早就出发的。到芦之湖的时候，太阳刚刚登到山腰，山水如画。但不久天空被云遮住，开始飘起了小雨，湖以及湖周围的山，笼罩在朦朦胧胧的雾霭里，我的心情变得潮湿起来。

我一直在想翔哥会带我玩什么，没想到他带我走进了一家叫雕刻森的美术馆。门脸非常普通，进去后几乎没有回旋，群山与蓝天尽收眼底，可以用"豁然开朗"来形容。馆内开阔得超出我的想象，因为位于蜿蜒的群山，高低和大小不同的作品掩映其间，全部转悠完花了将近两个小时。作品以雕刻为主，室内外互动。从罗丹到贾科梅蒂，到卡尔·米勒斯，到米罗，到亨利·摩尔，到佐藤忠良，到杨英风，到朱铭，一共展示了四百多件作品。此外毕加索作品专馆也令我十分震撼。不过，最令我感到震撼的是安托万·布德尔的《弓箭手赫拉克勒斯》，有强烈的动感，尤其是粗壮的双手，全身隆起的肌肉以及叉开的双腿。我挨在翔哥的身边，不知道什么时候雨已经停了。我伸手摸了一下赫拉克勒斯的大腿，开玩笑似的仰头看翔哥。他没说什么。他已经离开雕塑朝前走了，我还恋恋不舍。他回头看我，显出奇怪的样子，问我是不是喜欢希腊神话里的英雄。我摇了摇头。其实我一直在想翔哥的大腿，但是我没敢说，怕亵渎了艺术。他可是特地带我来美术馆看美术的啊。我们走的时间太长了，两条腿有点儿酸。瞭望塔旁边有一个露天的温泉足浴，想去那里泡泡脚，但坐着的地方都是雨水。我们去馆内喝咖啡，出来的时候已经是中午了。但空气反而凉了，我有点儿冷。好多年以后，好朋友咚咚来日本玩，他不喜欢逛景点，每天去的地方除了美术馆就是博物馆。我陪咚咚到雕刻森美术馆的那天也是大雨。咚咚一个劲儿地说："箱根泡在雨里。"时光流逝了那么多年，箱根什么都没有变。

　　如果没有云，没有雨，由早云山乘缆车去桃源台的途中可以看到日本的富士山。但山顶大雾，缆车升到最高处的时候，一大片一大片白色的雾，突然从四面八方挤压过来，密密实实地将缆车包裹起来，只有我跟翔哥坐的车厢里是一片透明的存在。天空消逝了，大地消逝了，树木消逝了，山与湖也消逝了。而车厢是这样的小，像一个几尺大的箱子。除了箱子里的我跟翔哥，连人类也消逝了。古往今来流逝的时光一瞬间凝固住，万象虚无。我对翔哥说："简直不敢相信，世间还会有这样的时刻。"我有点儿害怕。本来，为了保持缆车的平衡，我跟翔哥分别坐在车厢的一左一右，这时我开始往翔哥的身边移动。想不到缆车在半空中晃动起来，我赶紧抓住了翔哥的手。缆车依旧在晃，觉得喘不上气的时候，翔哥在我的额头上轻轻地吻了一下。他问我："好点儿了吗？"我说好多了。

下缆车的时候，我的手紧紧地握着翔哥的手。我的手心里都是汗。时候不早了，我们跑去芦之湖，再一次乘海贼船回强罗公园。山下比较温暖，湖水的层层涟漪看起来像花在散开。我挽着翔哥的胳膊，也许是刚才的奇遇所生发的心情还没有来得及消化，只是觉得被惊得发烫的东西在身体里流动。我不知说什么好。沉默了多少秒，沉默了多少分，翔哥让我看刚才上去过的山顶。在芦之湖的对面，在重峦叠嶂的山巅，挂着一条美丽的彩虹。

再看翔哥。他的两只眼睛也闪闪发光。从这时候起，我们都仰着头看山顶，再没有说话。后来，船靠了岸，下船的时候，我说刚才的彩虹真好看。他说他也觉得好看，还问我是否分辨得出彩虹的雄雌。我很惊讶，问他："彩虹也有雄雌之分吗？"他告诉我，彩虹有明暗两色，鲜明颜色的是虹，呈雄性。黯淡颜色的是霓，呈雌性。我说看见彩虹的人会有好运的。他说这类说法没什么科学依据。不过，一日间竟然有两次奇遇，我提醒他注意这一点，他说我说得对，还说今天看到的奇景是机遇。我说是一期一会。他看起来很高兴，我就说："我是霓，你是虹，我们互做霓虹。"他哈哈大笑。他笑的时候，我的心又痒痒了。

自从箱根回来，我的心情一直都是喜气洋洋的。现在，我对翔哥的感情似乎在变，朝着某一个方向发展。我觉得有点儿惶惑，就是不知道如何是好。在不得不做出决定之前，我想走一步算一步吧。

17. 人生就是沙漠旅行

可能是下雨的原因，都十点半了，一个客人也没有来，但桥本却叫我去五楼帮忙。原来是大扫除。说是大扫除，不过是拿毛巾把碗柜、挂钟以及观叶树的树叶等擦一遍。挂钟挂在很高的位置，我搬来一把椅子，站上去，刚举起毛巾，突然有人掀我的短裙。我立刻大叫起来，回头看的时候，桥本正笑嘻嘻地从门口溜出去。我连声骂："混账。混蛋。"

阿珠跑过来，问我发生了什么事。我用手指着门外，还没有来得及跟阿珠解释，桥本已经返回来，挤眉弄眼地对阿珠说："阿珠，秋今天穿的是一条粉红色内裤。"

　　阿珠大笑。我不清楚阿珠笑什么，问她，她对我使了一个眼色。桥本又说他最喜欢女人穿粉红色的衣服。阿珠跟了一句："特别是女人的粉红色的内裤。"

　　桥本笑着挺了挺身体，赶紧走了。我对阿珠说："桥本真是个混蛋。这里是职场，他是楼层负责人。叫我来五楼帮忙，不会就是想看我短裤的颜色吧。"

　　阿珠突然严肃地说："秋，你还没有结婚，桥本不该在你身上开玩笑。我也觉得他是胡来。"

　　我感到她说的不是真心话，可是她看起来非常认真。她长得很矮小，肤色黝黑，他的老公也很矮小，肤色也很黝黑，在厨房做厨师长。我从椅子上下来，因为不想干活了，干脆坐在椅子上。这时候，阿珠突然走出去，喊了一声"欢迎光临"，我看见有一对客人走进来。我觉得很奇怪，一般的情况下，一楼和二楼满客了，才会使用五楼。有人推了推我，说是不用大扫除了，赶紧给客人准备茶。

　　一上午，五楼就放进这么一对客人。吃过饭，阿珠说部长有事要跟我谈，要我去一下四楼。我想不出部长要跟我说的事是什么。下了四楼的电梯，廉价花露水的味道扑鼻而来。其实，我问过其他的人，为什么部长天天喷花露水。阿珠告诉我，部长的肚子上有一个人工肛门，说不好听的话，就是肚子上贴着一个便袋，但气味会跑出来。因为每天要使用大量的香水，所以只能买比较廉价的花露水。我觉得部长"真是不幸"。

我问部长有什么事，他回答说："秋，也许有点儿唐突，但我还是想问一下，你愿意不愿意跟桥本结婚呢？"看到我不知所措的样子，他说从我到饭店面接的那天开始，他就替桥本看中了我，想着我跟桥本结婚的事了。我干笑，不知道怎么回话。他又说，如果我愿意和桥本结婚，他愿意出钱安排我们去温泉结婚旅行，如果去温泉不满意的话，可以去夏威夷。他追问了一句："夏威夷总可以了吧。"

我哼哼唧唧地说我还没有想过结婚的事。于是他劝导我，说桥本人不错，还说我也不年轻了，他觉得我跟桥本挺合适的，干脆由他做主订婚算了。我不好意思打断他说话。他越说越来劲："你跟桥本的婚礼就在富贵阁举行吧。你知道吗？如果你跟桥本结婚，关于婚礼，富贵阁的老板会出五万，老板的父亲会出五万，一楼和二楼的支配人会出五万……"他说了很多人的名字。最后，他对我说："光是礼金就有近百万的钱会进来啊。这些钱都给你。"他问我怎么样。我说不行，因为我还是个学生，要先读书，等毕业了再考虑男女的事。他说："如果你愿意跟桥本结婚，就让桥本等到你毕业。"

我先是迟疑了一下，对他说："这么说吧，我已经有了男朋友了。"我觉得尴尬，因为我不知道自己说的是不是假话，不知道翔哥算不算我的男朋友。

下午，我很快就把这件事给忘记了。

有一天，我在一楼帮忙，立新突然问我想不想留在日本。我说没考虑过。我说的是真的。不久前，原单位的领导来日本开会，我去旅馆见领导，领导对我说："你想什么时候回单位都没有问题。"再说了，我刚来日本，离毕业还有两年多的时间，谁知道其间会发生什么，或者毕业后会有什么新的局面。还有，前一阵子翔哥刚刚跟我提起他正在协议离婚的事。立新说她跟乌龙茶是黑户口，除了回上海不可能有其他的选择。我说回国也蛮好的，尤其回的是上海。她说我说的也对。然后她突然谈到桥本："桥本虽然是日本籍，但实际是半个中国人，长的样子也不难看。你如果考虑跟桥本结婚的话，毕业后在选择上也多一条路。"

我想最近怎么有这么多人跟我提起桥本。我不说话，只是摇头。她问我知不知道桥本其实也是大学毕业，而且电脑玩得挺好的，只是老部长就这么一个儿子，过于溺爱，把儿子放在自己的腋下才放心，所以强迫桥本辞去了工作。桥本到富贵阁做楼层的支配人，是部长一手安排的。我说，如果桥本是个男子汉，怎么会让父亲安排自己的人生。她说桥本比较孝顺。我就说："我不可能选择桥本，跟他结婚等于跟老部长结婚。"

但她说在日本找一个有中国血统的日本人，肯定比找一个打工的中国人安定。我说没有合适的就不结婚呗。关于桥本的谈话，也就到此为止了。

晚上，我回家的时候翔哥坐在窗边的沙发上。CD里放送的又是那首英文歌。他吻了我的额头。洗过手，坐到沙发上，不知道为什么我忽然想算算命。出国前，一位女导演教过我一个算命方式，不知道准不准。这时候我很想试一试。我说我想算算命。很意外翔哥好像很感兴趣。他问我是看生辰八字还是看手相。我说都不是，不过是回答我提的问题。他说你提吧。

我说："你想象你是一个人在沙漠中旅行，已经口干舌燥，这时候发现眼前有一只喝水的杯子，但是一只空的玻璃杯。那么，你会捡起这个玻璃杯吗？如果你捡了玻璃杯，想用它来做什么呢?"

"我不会捡起那只杯子。"

"你接着走下去,不久看见了一条小河。那么,你在小河里会做什么样的事?"

"我会喝一口小河里的水。"

我说:"好吧,你接着走下去。这一次你眼前出现的是一间木制的小屋。那么,你会进小木屋吗?如果你进去了,你会在屋里做什么样的事?还有,你认为小木屋里应该有什么东西?假设小木屋里有一枝花,你觉得应该是什么颜色的花?"

"我进了小木屋。我在屋里抽了一支烟。小木屋里有一张大床。我抽了烟,当然应该有烟缸。以此类推,有放烟缸的桌子。至于花的颜色,我想是白的。"

"走下去你会发现一座美丽的宫殿。宫殿前有一美女。美女邀你入殿,还请你吃苹果。那么,你会进宫殿吗?你会吃苹果吗?"

"我会进宫殿,也吃那个苹果。"

"出了宫殿,不久你的眼前出现了一道墙。那么,你认为眼前的墙壁是什么材料?还有,你会翻越过墙壁吗?"

"我眼前的墙壁是土制的。我会翻越过去。"

我说:"你接着走下去,这时候,一望无际的大海出现在你的面前。那么,你会做什么呢?"

"我借一艘船渡过大海。"

"好吧,你渡过了大海,上岸后左边是茂密的森林,右边是宽广的草原。那么,你是选择去草原还是选择去森林呢?"

"我会毫不犹豫地走向草原。"

我看着翔哥说:"你的命,我算完了。"

翔哥让我解释给他听。我说,玻璃杯是初恋,小木屋代表婚姻,花的颜色可以看出对爱情的态度,宫殿暗示婚外情,墙壁象征事业,大海隐喻晚年的婚外恋,森林和草原昭示晚年的境况。他让我说得再具体一点儿。我解释说,你没有捡玻璃杯,虽然喝了小河里的水,但初恋不是你的真爱。你进了小木屋,但是房间里缺少温馨和明快的东西,所以你结婚了但婚姻不完美,你向往纯洁的爱情,却跟妻子以外的女人谈情说爱。说到这里,我笑起来:"好像现在你跟我的关系。"我接着说,借船出海说明你到老到死都会跟你喜欢的女人恋爱。至于晚年,你选择的是草原,所以呢,虽然你从来不会安分守己,但你的晚年却是安定的。我叹了一口气,对他说:"我感到意外的是你的事业。本来,我以为你会想象那道墙壁是金子,或者是大理石,或者是金属,哪怕是石头都行,没想到你会想象出一面土墙来。看来你的事业不会震古烁今。"说到这里,我再一次意识到,自始至终我都不知道翔哥的工作是什么。有好几次我想问他,但是都觉得唐突而放弃了。白天他也经常跟我在一起,钱包里总是有大把大把的钞票。他的工作很自由吗?他的钱挣得很容易吗?我小心翼翼地对他说:"对了,我还不知道你是做什么工作的呢。"

他淡淡地说:"我是一个自由的游民,什么工作都不做,什么工作都做。"他这么回答,就是不想回答我的问题了。我也不再追问。

18. 自家水是最好的补药

我的腰很痛,厉害的时候走不了路,在饭店端盘子的时候常常要咬牙切齿。翔哥来的次数越多,我的腰越痛。我的身体渐渐地消瘦下来。有一天,在一楼帮忙的时候,立新突然说她发现我的胳膊和腿有很多大块大块的紫青。我也是最近才发现的。有时候觉得身上痒痒,用手抓一下,马上会有一大片一大片紫色的瘀血显出来。去饭店上班的时候，我将肉色的丝袜换成黑色的丝袜。她让我赶紧去医院。我到日本后还没有去过医院，所以不太想去。她掀起我的裙子，看着我的大腿说："太厉害了。几乎满腿都是。"

我说："可能是我太累了。又要学习，又要打工。"

我想说又要恋爱，但是没有说出口。她变了脸，说我这样下去的话说不定会死。她举了几个跟我症状很像的病，比如坏血病啦，糖尿病啦，艾滋病什么的。我让她不要用艾滋病来吓唬我，向她表白我在"性生活"上很干净。她好像很难过。可是，第二天早上，她把那个丰乳肥臀的赵小姐叫来劝我。赵小姐说了一声"猫宁"，神秘兮兮地将我拽到冰箱后面的角落。她问我："你难道不知道吗？"我问知道什么。她说："传言啊，关于你的传言。饭店里私下里都在传说你得了艾滋病，连我们柜台都在传。因为你的胳膊，你的腿上，到处都是大块大块的乌青。你快去医院检查一下吧。你知道吗？这样的传言，如果传到老板耳朵里的话，你也许会被解雇的。"

我觉得脸红，真想让她闭嘴。这时，立新走过来解释，说是她让赵小姐来说服我的。赵小姐马上就走开了。十点半以后，客人陆陆续续地来，立新尽量不让我端盘子。我在椅子上休息了很长时间。

在我自己也觉得危险的时候,妈妈来日本探望我。翔哥陪我去机场接妈妈,将我和妈妈送回家。我对妈妈介绍翔哥的时候,说他是我现在的男朋友。

我跟学校和饭店请了几天假,一方面陪妈妈到处玩玩,一方面让妈妈陪我去医院。三天后验血结果出来了,但所有的指数都正常。医生给我开了一些维生素之类。我没有病,妈妈说她放心了,我心里的石头也落了地。但我真的很消瘦。去药房取药的时候,妈妈突然问我知不知道古时候的"药"字怎么写。我说不知道。我毕业于中国语言文学系,按理说妈妈没有我读书多,但是妈妈比我知道的事情多。我想是妈妈的人生经验比我多吧。妈妈告诉我,古时的"药"字其实由三个字构成,上面是"自",左下面是"家",右下面是"水"。合起来就是"自家水"三个字。妈妈解释说,"药"字提示给我们的,就是再好的药,也不如自己身体的元气和元水。妈妈说我也不算很年轻了,需要应付的事又多,休息不好的时候,"那种事"不宜做得太频,会毁了自己的身体。我知道妈妈说的"那种事"是指什么。

妈妈在日本住了三个月,翔哥偶尔会来,但一起吃个饭就走了。其间他带我跟妈妈去过两次温泉。不去学校和饭店的日子，妈妈教我如何用大头菜和醋做中国泡菜。妈妈买来韭菜和虾仁做我小时候最喜欢吃的肉包。披头散发地和妈妈相偎了三个月，立新说我的脸红润了。是的，胳膊和腿上的瘀血全部消逝了。妈妈说的是对的，最好的"药"是"自家水"。妈妈要回中国了，还是我跟翔哥去机场送她。我不愿意说再见，妈妈先开口说："秋，再见了。"

我说："过年的时候我争取回家。"

妈妈迟疑了一下说："你不要忘记药字的真正含义。我不在，你自己要保重自己。"

我说："好。"

但我是妈妈的噩梦。妈妈回去没多久，我的腰又开始痛起来了。跟妈妈用电话聊天的时候，我从来不提腰痛的事。我知道妈妈在担心我，所以呢，我不提腰痛的事，其实不是怕妈妈担心我，我只是不好意思提。

19. 落花与流水

最近，我很少被叫去五楼帮忙，基本上在一楼。虽然一楼一直忙忙乎乎的，但因为有立新照顾我，反而比去五楼舒服。立新同情我的同时，还有点儿怨恨我。她说我傻。我不知道如何跟她解释。她说"有幸"桥本看上了我，我本可以在五楼待得舒舒服服的，却非要拒绝桥本的情意。按照立新的意思，即使拒绝桥本，也应该等到毕了业，辞掉饭店工作的时候。毫无疑问，我不想得罪老部长和桥本，但这不能成为我跟桥本恋爱的理由。我不喜欢桥本。不喜欢一个人的时候，多多少少会在生理上讨厌那个人的什么地方。我讨厌桥本看起来假惺惺的笑，还有他动不动就掀我的短裙看我的内裤。说真的，我更喜欢待在一楼。

立新像亲姐妹似的疼爱我。楼层负责人看不见我们的时候，她总是让我坐在椅子上休息。给客人上菜，只要她手里有空，肯定替我端出去。有时候，我会不由自主地生出一种感动，觉得自己很幸运。说真的，立新偏执多事，跟很多人相处不好，大家都怕她。我经常提醒她不要得罪太多的人，万一黑在日本的身份被发现，被人告到入国管理局，那么她就会被强制驱逐出日本。她说她不怕，因为整个饭店里，她只跟我一个人说过这个秘密。我跟她保证不会传出去，但如果她真的被发现了，她第一个怀疑的人一定就是我。有时候，被人家信任也是一件比较麻烦的事。

有一天，那对福建姐妹对我说："看起来，立新简直把你当她的奶妈了。"

我立刻就讨厌这对姐妹了。她们的言行反而令我跟立新更亲近了。我是北方人,虽然不能说我喜欢上海人,但我喜欢跟上海人打交道。怎么说呢,上海人跟日本人有很相似的地方:分寸感恰到好处。先小人后君子。有契约精神,说话算数。

后来,立新和乌龙茶又在清扫公司找到了一份早工。清扫公司的社长为了节约交通费,特地买了两辆自行车。已经说过了,黑户口的人平日是不敢骑自行车的,我想自行车算是白买了。过了没几天,立新告诉我,她跟乌龙茶把那两辆自行车托运到上海了。我吓了一大跳,问她:"自行车不是公司所有的吗?你们辞掉工作的时候不是要还给公司的吗?"

她回答说:"你怎么这么傻,不会说自行车忘记上锁被盗窃了吗?日本警察会为了两辆自行车追到上海去吗?"

她的回答出乎我的意料,过了好几秒,我才平静下来。我想说这种做法相当于犯罪,但又不知道用什么方式跟她说这件事。我怕说不到位的话,她会以为我是在嫉妒她占了便宜。不过我没有时间想了。她突然换了话题,小声地对我说:"我讨厌一楼的这个领班,想用什么办法搞掉她。"

我同时望着领班说:"她可是饭店的元老,都形容她是一棵撼不倒的大树了，你一个临时工，最好不要想入非非。"

她说凭她的力量当然搞不掉姓陈的。对了，一楼的领班姓陈。她说她知道一楼的支配人山馆跟姓陈的是死对头，可以利用山馆。我说山馆又不是傻子，怎么会轻易被人利用。她说："你就等着看热闹吧，一石二鸟，不对，是二石一鸟吧。"

客人用过的碗盘由三楼厨房里的机器来洗，但客人用过的酒杯和茶杯，要每个楼层的服务员来洗。下午，水池里的酒杯和茶杯堆得已经放不下了，本来我想洗，但立新说什么都不让我洗。好像跟立新较劲儿似的，福建的那对姐妹也不洗。陈领班的脸色慢慢地变了，明显很不高兴了。果然她命令立新去洗。立新装作没有听见。看到陈领班要发火，我赶紧对她说："好了好了，我来洗吧。"

但是她拦住我，说我不能洗，因为她是一楼的领班，她命令谁洗谁就得洗。我望着她，似乎才明白立新为什么讨厌她。但故意惹她发火，肯定是立新的意思，因为立新一直在看着我笑。这时候立新偷偷地俯在我的耳边，说一直在等着姓陈的发怒，姓陈的一发怒，那个二石一鸟的计划就可以实施了。我站在立新和姓陈的中间不动。姓陈的又吼起来，说立新一定是不想做这份工了，她要"成全立新"。

为了解雇立新，陈领班将事情报告给楼层的支配人山馆，山馆报告给老部长，老部长报告给老板。老板回答说："临时工去留这点小事，就由部长做主好了。"

我知道立新事先有安排，但还是担心她。我劝她："都说退一步海阔天空，这里又不是国内，你只管挣钱，何必惹是生非呢？万一你输了，你就得离开这里。干脆道个歉，大事化小，小事化了吧。"

她说她怀疑我书读得太多读傻了。她问我："你怎么看不出这是一个千载难逢的好机会呢？"想来想去，我看不出机会在哪里，求她告诉我，她解释说，"姓陈的跟山馆吵过架，饭店里的人都知道他们两个势不两立。与其说是我制造了这个机会，不如说山馆在等这个机会。"

我似懂非懂，对她说："可是，老板让部长来解决这个问题啊。"

"老部长最听什么人的话？"

我想了想说："应该最听桥本的话。"

立新说："这不就得了。"

我说："怎么又跟部长和桥本有关系了呢？"

"有一件事我一直没有告诉你。"她犹豫了一下，接着说，"也不是不想告诉你，是想你跟桥本，万一有可能结婚的话，那么我就打算守一辈子的秘密了。"我急着想知道这个"秘密"是什么。她突然笑起来说："反正你跟桥本之间已经没戏了，我不怕告诉你吧。其实呢，桥本的那一头乌发是假发。"我一点儿也笑不起来，不管怎么说，不应该在背后拿人家的隐私做话题。不可思议的是，知道了桥本的秘密，我在心里竟然也偷偷地感到一丝好笑。从某种意义上说，这也许是人性的一个部分。我问她是怎么知道桥本的秘密的。她回答说："就是这个姓陈的啊。是她故意让桥本当众出丑的啊。"

我不太相信："怎么会？俗话说，打人不打脸，揭人不揭短啊。"

"说出来像笑话，姓陈的当着大家的面扯下桥本的假发。如果不是亲眼看见，我还不敢相信呢。从那个时候起，桥本对姓陈的就怀恨在心。"

我说："换了是我，恐怕也不会原谅的。"

"所以啊，你也明白事理了吧。这一次我要发动一场群众战争。"

一楼少了一个人。来日本留学的上海男孩，转职到一家日本公司了，五楼的淑云受影响，跟我似的，经常被叫到一楼帮忙。淑云也出生于台湾，丈夫是个厨师，这么巧和姓陈的丈夫在同一家饭店。但姓陈的丈夫是厨师长，是淑云丈夫的上级。淑云之所以能够在富贵阁工作，说起来还要感谢姓陈的。是她丈夫拜托了姓陈的丈夫，姓陈的丈夫又拜托了姓陈的。按理说，淑云跟姓陈的关系应该很好才对，但是她们很少有交流，淑云总是躲着姓陈的。淑云跟阿珠无话不谈，一次听她跟阿珠说："以为介绍我来富贵阁，就可以管我的手脚，管我家里的事。"她没有提什么人的名字，但我知道介绍她来富贵阁的是姓陈的。说真的，日本社会讲究规矩，有规有矩自成方圆。人跟人之间的关系也很简单，你是你我是我，个人间的交往绝不干涉对方的世界。中国社会讲究人情世故，你是你我是我，但你的世界中有我，我的世界中有你，没有方正，所以不是方圆，是一个圈子。

淑云有一儿一女，分别是初中生和高中生，正是花钱最多的时候。不知道是不是这个原因，淑云很节省。举例说吧，来富贵阁吃饭的情侣，叫套餐的比较多，而套餐的最后一道菜是用棕叶包着的糯米饭。差不多有一半的客人，连筷子都没动过。淑云认为，将没有动过筷子的米饭扔掉是浪费，会遭天罚，于是把糯米饭分成小份，想要的人可以带回家。这已经是司空见惯的事。谁也没有想到事情会出在这里。

先是乌龙茶，然后是立新，之后是我，再之后是福建姐妹，最后是台湾领班，一个接一个地被部长叫到四楼。淑云一直用手帕偷偷地擦眼睛里不断涌出来的泪水。我的情形是，部长叙述了淑云擅自让大家拿糯米饭回家的事，最后问我："是事实吗？"

我回答是，但解释说："是客人剩下来的糯米饭，跟盗窃无关。"部长手里握着油笔，两只眼睛淡淡地看着我，感觉到是蛮和善的。他让我去一楼干活，我说好，离开前说了一句："似乎有人夸大曲解了这件事。好好的饭被扔掉，对劳动者来说是真正的犯罪。"他向我摆了摆手，神情很亲切。

不管我觉得多么无聊，怕淑云胡思乱想，还是向她表明了我的态度。我对她说："我跟部长证明了你没有偷窃。"她谢了我。乌龙茶等其他的人也都给淑云打气，嘱咐她不要担心。只有姓陈的表情无法捉摸。谁都知道是她去部长那里告的状。

我看到立新走到淑云那里，跟淑云耳语，淑云不断地点头。不久，淑云也被部长叫去四楼。立新朝我走来，用手在我的后背上拍了一下说："你肯定想不到。"我问是什么。她说："你跟其他人一样，认为是姓陈的告了淑云的状吧。"我问不是吗？她以得意的口吻说："是我干的。我说过要发动一次群众战争的啊。"我面前还是立新的面孔，但我的心里充满了惊讶。沉默了一会儿，我对她说："不过，淑云有点儿可怜。"她回答说："事情结束后，淑云反而会感谢我。"

没想到五楼的人被叫到一楼帮忙，一楼的人都被叫到五楼的休息室。直到我进门，看见了老板、部长以及山馆，才意识到事情真的很严重了。他们问淑云有没有偷糯米饭，我们异口同声地说没有。山馆玥确地说，虽然把客人的剩饭拿回家不算偷，但为了避免麻烦，以后不允许再发生这样的事。我们又都异口同声地说好。我对立新的冷静感到惊讶。山馆之后，没有人再补充问题。这时候，休息室一片寂静，大家都看陈领班，好像在谴责她没事找事。说真的，她没得罪过我，我并不讨厌她，对这场鸿门宴她一无所知。我觉得她挺可怜的。这时候，部长问老板是否可以让我们回一楼干活了。可是立新突然开口，一脸严肃地看着老板说："陈领班仗着自己是领班，经常搬弄是非，倚势欺人，在这种人的管理下工作，我们一点儿也不愉快。"

老板看部长，部长看桥本，桥本看山馆。山馆看着桌子，有点儿难为情地说："啊啊，是的是的，一楼的员工经常跟我反映这个问题。"

立新说："其实，前几天陈领班跟我大吵了一次，为了那一次吵架,她甚至要解雇我。让我说说吵架的前因后果吧。那一天特别忙,客人多得不得了,我又要给客人上菜,又要收拾客人用过的盘子,还要不断地给客人添茶,简直没有一点空闲。平时,陈领班的工作就是监视我们。但是,像这种忙的时候,领班应该以身作则啊。比如山馆支配人,别说忙的时候了,不忙的时候也经常给客人上菜添茶的。我的意思是,那么忙的时候,为什么陈领班就不能洗洗杯子呢?"山馆怀着感谢的神情看了立新一眼。立新说她不想在这里比较领班和支配人。还有令她觉得不公平的事是,陈领班平时来去自由,一会儿是儿子有事了,一会儿又是丈夫有事了,一会儿是朋友从台湾来了。她问部长:"饭店正忙的时候,怎么可以跟朋友聊一个多小时呢?"然后突然看着我说,"秋,你回答,我说的话有没有道理。"

她的声音很响亮,我小声地说:"陈是领班。"

立新像在庭上辩护的律师似的说:"我的问题说完了。"

三天后,部长通知陈领班被饭店解雇了。尽管如此,她对老板没有一句怨言。我心里很难受,后悔没有阻止立新的计划。尤其"陈是领班"这句话,客观效果等于说她滥用职权。这个效果不是我想要的。我说这话的时候完全是应付。

她看起来很平静,跟所有的人做最后的告别。我看出她的眼睛有点儿红。想不到她给了我一张小字条,上面写着她家里的电话号码。她对我说:"秋,有时间的话可以给我打电话,一起喝杯茶。"

我说好,并且觉得手里的字条有分量,很沉重。我知道,我永远都不会给她打电话。我对她说:"你拼了十几年了,就当这一次解雇是个机会,好好地休息一下吧。"

她谢了我,跟我说再见,然后就离开饭店了。除了我,还有福建的那对姐妹跟她摆了摆手。我们永无再见。她就像我看过的落花与流水。

20. 雨季

雨季。我喜欢雨滴在肌肤上的那种感觉,凉凉的,慢慢渗到身体里,不知不觉地生出月的伤感和秋的寂寞。附近的不动产,又贴出许多募集住客的广告纸,看上去很像我房间里墙壁上挂着的日历簿。今天是休息日,早上的天气还不错,翔哥进门的时候,我还在被窝里。他坐到床头,我将头枕到他的腿上。他没说什么,我闭着眼睛不动,就这样待了几分钟。我睁开眼睛的时候，他说下午去机场，因为要去台湾办点儿事。我问他在台湾要待多久。他说不知道，要看事情办得是否顺利。说真的，我不喜欢他离开日本。他还没有离开日本，我已经觉得心里空荡荡的了。天也是，说变脸就变脸，刚刚还是满屋子阳光，不知道从什么时候开始的，窗外已经下起了雨。房间显得灰了，他看起来非常混浊，尤其他今天穿的是一套灰色的西装，简直就是灰色的一部分，或者就是那灰色所昭示的活的魂。

或许是雨的寂寥以及弥漫的灰色感染了翔哥，他感叹今年的雨季太长，还说以往的这个时候，日本已经很热很热了。我一下子就伤感了，于客观存在中触及一种感觉，并不是每一个人都具有的命中的因缘。我短短的一生中，感觉常似梦幻般地泛滥。就因为是感觉，因而并不真实。早在很久以前，我就发现自己有一种失落的阴暗心理。除却人生的无常和虚幻，更是因为我不具有明了自然和人生的超然素质。许多时候，我以自己对自然和人生的感悟中所得到的境界，而一味地回归古已有之的悲哀里。就因为如此，我的病与多数人不同，我的病是一种郁悒，或者是一种无限的缠绵。我总是长时间地处在一种源源不断的灰色的梦的感觉里。

算一算，翔哥去台湾已经快一个星期了，我以为自己会寂寞,意外的只是不断地思念他。怎么说呢?感觉上似乎他并没有离开日本,只要我抓起电话,或者伸手触摸,就可以听见他的声音,抚摸到他的身体。原来寂寞不是四顾无人,而是心中没有一个人可以思念。二十日,我接到他从台湾打来的电话,嘱咐我明天晚上六点在家里等他。他说他明天回日本,下了飞机后直接来见我。

但是,第二天晚上,已经是深夜十二点了,不见他来,也没有接到过他的电话。我突然想起他在电话里说台湾刮台风的事,估计是台风的原因飞机没有按时起飞吧。我想他一定会再来电话,因为睡不着,顺手拿起一本书看。本来,因为他要来见我,所以早早地洗了澡,化了妆,换上漂亮的衣服。徒劳修饰一场的感觉使我难以专注读书,只模糊记得是写一个很寂寞的女人,偶然得了一只很通人情的狗,女人和狗正处得十分融洽的时候,狗却突然丢失了。女人因此失去了一种被无限信任、无限依恋的感觉。恍恍惚惚地想象着女人失落的情形,不觉读到了后面,没想到,作者的一句话突然使我的心中滑过一阵冰冷的哆嗦。"怎么能想到,它与我只有短短一个半月的缘分呢。怎么能相信,多少年来梦寐以求的忠实伴侣,好容易来到你身边,却会在一刹那之间就无影无踪了呢。"我一下子没有心情读下去了。哆嗦处所触及的,是一种不祥的感觉,十分冰冷。

我迅速地打开电视,紧张地将频道从一调到十,又从十调回一,十分害怕新闻中会出现什么不祥的消息。NHK正在报道一则新闻:塞班岛有一个日本人被杀害。详情介绍完后,是一个食品广告。我的心虽然稍有安慰,但仍不安宁,一直目不转睛地关注着电视里的新闻。在我的心中,电话机仿佛是上帝,期待铃声响起来一如期待上帝的福音。铃声一夜未响,我也一夜未睡。不安的恐惧中,每一个微小的声音都会使我心跳不已。二十二日,我给学校打电话,教授接电话的时候,我说我身体不舒服。教授让我休息。整整一天,我足不出户,被茫然的焦虑锁闭。一股巨大潮湿的气息在我的心中回荡,仿佛那是一种死亡的气息。

如果说我发现了一种最好的形式,就是我从原始的游戏中试图找到一种结局。这当是一种试验。我将一枚圆圆的硬币握在手心里。一边对上帝祈求着,一边就有汗水将那硬币湿尽了。当我抬起手,试图将硬币抛起来的一刹那,我害怕了。我怕硬币落下来时不是我所祈望的正面。我想起什么人说过的一句话:人什么都可以不信,但是不能不相信神预。我怕这个神预是那个万一。

有时候,事情越想明确就会变得越不明确。说起神预,我想起翔哥在电话中说他明天就回来后我说的那句话。我说"翔哥你可不能不回来"。当时我是跟他开玩笑，现在却神预般以一种巨大的阴影罩在我的心上。莫非……我不敢想下去。

遇到意外的时候，只想不好的方面，也许是忧郁而颓废的。但融在朴实的悲伤中的情感，却无疑含有几分温馨，使人感到对感情的眷恋。担忧是这感情中最为强烈的一种。许多情形下，只因为有担忧在，人类才留恋地活着。担忧是值得珍爱的。也许正因为如此，当二十四日翔哥从日本机场打来电话时，当我安心之余将我的心情诉之于他时，他竟是感动得不得了。他对我说："谢谢你。"

我目不转睛地看着翔哥，用右手的食指轻轻地抚摸他的眉毛和嘴唇。我对他说："我被你吓死了。"

他吻了一下我的睫毛，回答说："长这么大，从来没有人像你这样担心过我。很感动。"我认为这不可能。他回答说："连我亲妈也没有这么担心过我。让你担心是我不好，但因为这件事，我想我永远都会爱你。"我开始相信他说的话，对他的感动觉得惊奇。他又说了一遍："我会永远爱你。"我也这么期待的，于是对他说我的肚子饿了。他要带我去车站附近的饭店吃饭，但我想在家里吃。我们一起下楼去买盒饭。回家的时候，他在电梯里吻了我好几次。我的心一直都痒痒的。吃饭的时候,他说了好多次"感动"和"爱",我觉得全身都轻飘飘的,好像喝了很多的酒。吃完饭,翔哥看了好几次手表,我知道他要离开我了,差一点哭起来。我觉得他对我的爱还很遥远。我真的没想到,他在说了那么多的"感动"之后,能这样地走了。出门前他要求我"抱一下"。我扯住他的手,欲言又止。他对我说:"我明白你的心情,请相信我说过的话。要你等我的话是真心话。"其实,根本不是这么回事儿,我只是不想他这么快就离开我,要知道,我等他等了几天几夜啊。他好像怕我不肯相信他,将小手指伸到我的眼前说:"不然我们拉钩吧。"我一声不响地跟他拉钩,他咕噜了一句"你这个傻瓜"就走了。

我站在原地不动,很快明白所谓的感动不过是一时的感觉,实际上并没有什么真正的意义。

过了一会儿,电话铃响了。没想到是翔哥。他说在车站对面的那家咖啡屋,如果我愿意,想再聊一会儿。我说"当然",于是心想他还是爱我的,爱情也还是有意义的。我在咖啡屋的角落里找到他,在他对面的椅子上坐下来。我一声不吭,因为没有什么话好说。咖啡屋放送的又是莫扎特的音乐。这时候,莫扎特是我的情绪,我的头发,我的皮肤。我开始哭起来。关于我为什么哭,他是一无所知的。他一直看着我哭,说我是一个"怪人"。我说我有音乐过敏症,让他不用在乎我的泪水。他说很想知道音乐过敏症是什么反应,我告诉他:"像喷泉的大水柱湿透了衣裳。衣裳下的心碎了。"后来他又开始看手表,不过我已经哭舒服了,对他说:"你还是走吧。"

他站起来跟我说再见,然后问我:"你不想问我为什么急着走吗?"

我回答说:"不想问。"

21. 第一次想好好照顾自己

昨天晚上,立新跟乌龙茶决定分手,各走各的路。因为是这样的原因,她看起来无精打采。我甚至跟她说:"没关系,说不定过两天他就后悔了。即使他不后悔,旧的不去,新的不来,反正你年轻貌美。"

她回答说:"我跟乌龙茶在一起已经八年了,想不到会走到今天这个地步。"

我想也许是他们进入了所谓的厌倦期。接着,她滔滔不绝地向我讲起了跟乌龙茶的事。关于乌龙茶,在她的心目中，有一个永远被定格的勇武的画面，用她的话来说，"好像电影里的一个镜头"。她告诉我，那时候她的身边同时站着两个男人，一个牵着她的手要领她走，但另一个外号叫乌龙茶的男人，却命令那个男人站住。她对我说："如果那个男人不站住的话，也许后来我不会选择乌龙茶。"我觉得很兴奋，问乌龙茶后来怎么样。她说乌龙茶先是对那个男人说，跟谁走应该让女人自己选择，然后又看着她说，你喜欢跟谁走就跟谁走好了。她感叹地说："哪个女人不爱英雄啊。那个时候，我有了一种可笑的印象，觉得乌龙茶是心目中的英雄，勇武无比。"她说得对，换了是我，无疑也会把乌龙茶看成英雄的。她说乌龙茶的勇武一下子把她的心强暴了，自那一刻起，她的心就属于乌龙茶了。她说她根本没想过另外那个男人的感受，毫不犹豫地跟着乌龙茶走了。她这样形容当时的情形："乌龙茶把手搭在我的肩膀上，我们头也没回地走掉了。"

　　我仿佛看到立新跟着乌龙茶走出另外一个男人的视野，走出那条小街，走出国门。我沉浸在立新的冥想中，而自己并不觉得。出乎意料的是，立新突然对我说："我决定从乌龙茶那里搬出来。"我问乌龙茶同意了吗。她说乌龙茶也觉得两个人分开一段时间比较好。其实，立新和乌龙茶最早是以留学的名义去了瑞士，但留学并不是他们的目的，因为瑞士工作不好找，很难赚到钱，所以打算去其他的国家。刚好乌龙茶的朋友在日本，跟他说横滨中华街的工作很多，很容易赚钱，因为都是中国人，不会说日语也没什么生活上的障碍。就这样，乌龙茶带立新去旅行社买了一张回国的机票，特地挑在日本转机的航班。飞机到了日本，两个人溜出机场，跟着乌龙茶的朋友去了横滨中华街。一直到现在为止，乌龙茶跟立新还住在乌龙茶的朋友家。据说只有一个房间，白天共同使用，睡觉的时候在房间的中间挂一块布，一边睡着乌龙茶跟立新，一边睡着乌龙茶的朋友。

一般来说的话，这种事不宜到处张扬，但立新根本就无所谓，到处跟人家说。福建的那对姐妹，动不动用这件事做材料来嘲讽立新跟乌龙茶，说两个人是在"跟第三者同居"。我也试着想象立新跟乌龙茶夜里如何做"那种事"，一方面觉得自己是受不了的，另一方面又觉得能够理解他人这么做。毕竟诸行无常，相生相克。亲属单位由血缘、继嗣和婚姻构成三角形，这是自然，动物也不会例外。但是人类有一点不同，人类会区分自己与自然、自己与他人的界限。中间的那块布就是界限。即使三个人同居一室，"性"也不会因为"同居"而成为公共事物。

"关于这件事,"立新对我说,"你知道我跟乌龙茶都是黑户口,在日本,没有人愿意为我们做担保,根本租不到房子。"还有一点就是,她跟乌龙茶只是暂时分开一段时间,如果觉得还是在一起好的话,她还要回到乌龙茶那里,那么房子就等于白租了,钱的方面也不划算。她说得合情合理。

我给她出馊主意:"你可以找朋友帮忙,用朋友的名义租一个不要礼金和押金的便宜房子。反正是凑合一阵而已。"但她说这是不可能的,因为想来想去,能够帮她的人只有我,所以她想住到我那里。我觉得很意外,犹豫了一阵后,告诉她:"我现在住的房子不是租的,是借的,不太方便跟人合住。"

她解释说,她不在我那里做饭,白天基本上都不在家,只是晚上洗个澡睡觉而已。她以郑重的口气说:"你也有好处,我可以帮你付一半的房费。"她一直说下去,好像我不同意她就誓不罢休似的。我让她给我时间,我要好好地考虑一下。

我给翔哥打了个电话,说我很为难,不知他那里有没有更好的解决方法。他干脆地说:"没关系,就让那个女孩搬到你那里好了。"我说女孩搬过来的话,他就不方便见我了。但是他对我说:"救急不救穷。再说了,年轻人吵架,基本上三五天就会和好了。"他这么说，我想我也用不着为难了。

立新带几件换洗的衣服搬过来了。新的问题是，新丸子离横滨中华街比较远，立新跟乌龙茶打的那份清扫工是早工，只能辞掉了。立新对我说："你看看，除了我要给你四万日元的房费，辞了清扫工又少了四万日元。四万加四万是八万，损失太大了。"

我巴不得她赶快搬走，劝她跟乌龙茶再好好谈谈。她呢，却下决心在新丸子车站的附近找一份早工。当天晚上，我们一起回到新丸子后，开始在商店街寻找招人启事。在一家汉堡包店的门口，我用手指着门上的招人启事，兴奋地对她说："有了有了，这家店招人呢。"

立新是黑户口，日语说得更不好，我呢，是留学身份，能帮助她，于是陪着她一起进了汉堡包店。店长是个又瘦又矮的男人，穿一套绿色的制服，戴一副度数很深的眼镜，看起来有三十岁左右。他带我们去店里的办公室，让我们填了一张表，不外乎就是姓名、生日、地址以及在留资格几个项目。但他还是问了几个问题：你们是什么时候来日本的？你们现在是什么身份？你们住在哪里？至今为止你们都做过什么样的工作？事先我跟立新已经商量好了，如果问到了她的身份，就说是留学。至于结果呢，店长要我跟立新明天上午十点给他打电话,说那时会给我们明确的答复。我跟立新都很兴奋,没想到工资比横滨中华街要高出很多。

第二天,我准时在上午十点给店长打电话。他说已经决定了,两个人中只采用一个人。想找工作的是立新,我立刻回答说:"好啊好啊,那我通知我的朋友。"

他回答说:"我还没有说采用哪一位呢。"我就让他说。他说:"我们采用的是那个从北京来的人,不是那个从上海来的人。"这时我感到很惊奇,让他再说一遍,他大声地说,"我们采用的是那个从北京来的人。"

昨天我只是陪立新去面接,没想到结果竟是事与愿违。说真的,我消瘦纤弱,一楼的支配人山馆经常说我没有打工人的样子,有几次甚至想解雇我。立新丰满高大,浑身充满着朝气和力量。毫无疑问,我认为汉堡包店的店长会选择立新。我不说话,站在旁边的立新感觉到什么,先是用手指了指她自己,用双臂在胸前交叉成"X",然后又用手指了指我,用双臂在胸前围成"〇"。我朝她点了点头。这时候,我听见店长说:"明天,请那个北京来的人,早上四点半来店里头,会有人教她做什么工作。有一点要记住,就是进店后要打卡啊。"

早上四点,我不得不去了汉堡包店,心里很不安。原来根本不需要担心，比我提前到的是一个同样很瘦的男人，只是个子比较高。看见我，马上用中国话跟我打招呼。我说你也是中国人啊。他说他不仅是中国人，跟我还是同一所学校，甚至连指导教授都是同一个人。世界真是太小了。他自我介绍说姓马，来自内蒙古。接下去，我很快就明白店长为什么选择了我而不是立新。他一边教我干活，一边对我说："昨天，你跟那个上海人刚离开店，店长就给我打电话了。"我想知道为什么。他说因为只能采用一个人，店长跟他征求意见。我问他是怎么跟店长提议的。他说他提议不采用上海人。我问为什么。他说上海人不诚实。看我沉默着不说话，他解释说："我一直不喜欢上海人和福建人。"

喜不喜欢上海人，这是他的事。但如果在人生的关键口上，遇到了这种有成见的人，真的会在不知不觉间改变了命运。唉，算立新倒霉吧。

我在这家汉堡包店只干了两个星期。虽然早工只干三个小时，但因为早上起得太早，白天还得去富贵阁或者学校，整个人迷迷糊糊的，总是处在昏睡的状态里。有一天，从汉堡包店出来后，我乘电车去富贵阁。电车里的人并不多，坐在我对面的两个男人，一直从上到下地打量我。不过我当时又困又累，根本顾不上想太多，一觉睡到了石川町。下车后，走路的时候觉得有什么地方不对劲儿，好半天才意识到自己是一只脚高一只脚低。原来我左脚穿的是一只红色的高跟鞋，而右脚呢，穿的是一只黑色的平底鞋。晚上，出了新丸子站的检票口，我直接去汉堡包店找店长，告诉他我打不了早工。也许像我这种打不了早工的人比较多，店长只淡淡地对我说了一句"辛苦了"。想想乌龙茶和立新一直打早工，根本看不出累的样子，觉得很了不起。也许是第一次，我想听妈妈的话，好好照顾自己的身体了。

乌龙茶想让立新重新跟他一起住，所以不断地给立新打电话。立新把他说的话都传给我听。乌龙茶说不跟立新一起睡觉觉得晚上特别冷。还说休息天不知道如何打发，因为又漫长又无聊。当年他让立新决定跟哪个男人走，这一次他同样不对立新说"你回来吧"，而是让立新自己说"回来"。

立新约我去车站对面的那家咖啡屋。其实，她请我喝咖啡我就知道她要从我这里搬出去了。我心里暗谢乌龙茶。说到乌龙茶，立新高兴地对我说："事实证明了他很爱我，根本离不开我。"

我说："好啊，很好。随便你什么时候回乌龙茶那里。"

我没有使用"搬家"这两个字，因为她只需要带走几件衣服而已。她开始跟我说对不起，于是我就说出心里话，告诉她我其实"不喜欢"她住在我这里。她笑了,开玩笑地问我:"是不是我打扰你谈恋爱了?"我点了点头,她说,"你怎么不早告诉我。"

但是,对于我来说,这个问题已经解决了,我已经不需要回头想这个问题了。

在车站,乌龙茶一看见我立刻鞠躬说了声谢谢。谢不谢我并不重要,重要的是他经受了一次考验,知道自己爱着立新。立新离开我的时候,看起来有点儿激动,使劲儿地拥抱了我一下。

立新跟我一共住了没几天,但回家后,我忽然有了一种很可笑的感觉,竟然觉得房子有点儿空,有点儿大。说真的,我不喜欢这种感觉。

22. 与零儿的再见与永别

昨天夜里我总是睡不着。白天接到零儿的电话,说他来日本办事,住在东京巨蛋附近的一家旅馆,想跟我见个面。离婚后,零儿经常出现在梦里,我想是我在内心深处还留恋着他。他的声音还是沙沙的,一点儿都没有变。实际上,他不知道,他想见我的时候，我正在富贵阁和汉堡包店打两份工。他问我几点钟能够见面，我故意沉默了一阵，他马上说："没有时间的话，下一次再说。"我说如果晚上也没有关系的话，下班后可以见面。他说晚上见面没有问题，顺便问我在日本干什么工作。我早就想好了，如果他问起我的职业，就说是"事务员"。一般地说，事务员就是穿着西装，坐在办公室里办公，俗称"白领"。他在大学的时候就精通日语，就职后经常到日本出差，理解我不会为了见他跟公司请假。

我在涩谷站前那只叫"八公"的狗的铜像前等零儿。他从出租车下来的时候，我朝他走过去。我穿了一套粉红色的短袖西装，白色的平底皮鞋，从上到下都是翔哥送给我的礼物。我本来想穿自己买的衣服，但是好看的衣服都是翔哥送给我的。他穿了一套灰色的西装。我走到他眼前的时候，他歪着头，上下打量了我一阵，平静地说："你瘦了好多。"他说想跟我一起在车站的附近走走。涩谷的夜晚灯火辉煌，人海如潮，他牵过我的手，五指交叉地握住。我跟他并排地走。他问我："好吗？"

不知道他问的是哪方面的"好"，于是点了点头，回答说："好。都好。"车道上的车也很多，一辆辆疾驰而去。这时我感到惊奇，因为才开始感觉到心跳，心痒痒的。过了一会儿,他问我"事务员"的工作都干些什么,我说打打电脑,接个电话什么的。怕他接着问我工作的事,故意将话题扯开,问他:"跟我分手后,又恋爱了吗?"

他回答说:"有一个女朋友。"我想知道是什么样的女孩,他突然激动起来,对我说,"我还记得第一次跟你亲嘴的情形。你一直睁着眼睛。"

我吓得停下脚步,问他:"是真的吗?"

他说怎么会假,因为我睁着眼睛才使他觉得我从来没有爱过他。我没有表示什么,也许那时候睁眼是过于紧张。说起来没有人会相信,八十年代的我,虽然已经是大学生了,愚昧得以为男女间握手就会怀孕。我也不想跟他解释,解释是毫无意义的。说到他现在的女朋友,他这样描述道:"她每次跟我亲嘴都会激动得浑身发抖。"

我也想知道女孩的年龄,他说跟我们同岁。

或许是灯光太明亮,行人太多的缘故,我觉得头顶天空上的星星看起来黯然失色。店铺的装饰灯照亮了我们的头发。零儿问我:"我们去喝点儿什么好不好。"

我就带他进了一家店。他变得和气起来,问我是不是很累。为了不再说到工作上的事,我故意说"看见你光顾着高兴了"。

他看起来很高兴，让我点喝的饮料。我让他点，他看了看点单，问我："套妈套是什么？"

我说是西红柿。他说他以为西红柿是蔬菜呢。我说："西红柿是蔬菜。"

他不再提问，但点了橘子水。我点了西红柿。我想结账，他说什么也不同意。我说我肚子饿了，想请他去饭店吃饭。

我决定带他去新丸子。之前我给翔哥打过电话，告诉他国内来了个朋友，有可能在家里过夜。零儿问新丸子离涩谷远不远。我说都在东急东横线，不算远。他招手叫了一辆出租车。上车后，他的腿挨着我的腿。他的手握着我的手。但是他一直跟司机说话。下车的时候，司机说他的日语说得跟日本人似的。我想起来了，上大学时，我就是因为跟他恋爱才开始学日语的。

我带零儿去了跟翔哥常去的那家居酒屋。他让我点菜，还说我应该知道他能吃什么不能吃什么。他说得很对，于是我就点了生鱼片、炸虾、鸡肉串和蔬菜拼盘。至于酒呢，喝完了啤酒喝日本酒，喝完了日本酒喝鸡尾酒，真可以说是乱喝一气。不知不觉我们开始谈到了过去，他突然很生气地说："有一天，你跟我做那件事的时候，突然觉得不满足了，我就知道你有外遇了，一定是哪个男人让你有了新的体验。"

"你错了,"我对他说,"我只是看了毛片。"

他问我:"你为什么不早说?可是家里没有毛片啊。"

我说:"你认识结婚前跟我同一个宿舍的高帆吧,是她带我去她家看的。"

他说:"不过这还算是小事。我们离婚,事实上是你真的爱上了其他的男人,不尊重我。"

我说:"我没有爱上其他的男人,是你胡思乱想。"

他说:"算了,我们不要聊这些伤心的事了。"但他又接着说,"有一次,一个女人想跟我干那件事。亲嘴的时候,我看见她睁着眼睛,二话没说,就抽了她一个耳光,骂了她一声婊子。"

我一直在听他的故事。我要了一杯冰水,因为我不想喝酒了。我觉得很内疚,觉得离婚的原因真的都在我身上。

零儿把剩下的酒喝完,我们默默地坐了一会儿。他说:"外边很安静。"

我说:"时间已经很晚了。"

我一直在想要不要带他去我那里,但他说想去我那里看看。出来的时候,天空星星闪烁,泛着蓝色。我觉得心脏上上下下地跳。进房间后,我本来坐到了沙发上,但是他让我坐到床上。我坐到床上后,他又让我躺到床上。看到我犹豫的样子,他对我说:"你用不着胡思乱想,我们可是老夫老妻啊。"想想他说得也对,于是就躺下去。他在我的身边躺下来,头枕着我的肚子。过了一会儿,他玩笑似的碰了碰我的乳房,之后抱住了我的腰。不过我半睡半醒。

第二天早上,醒来的时候发现零儿的脸色很难看。问他怎么了,他说对我感到很失望,问我是不是一点儿都不爱他了。我回答说:"也不是。"

于是,他看起来快哭出来的样子,对我说:"我们分开了那么长时间,好不容易在日本相会,以为你多少还爱着我,但你用身体证明了你根本不爱我。你一点儿反应都没有。"

他一连说了好几个"你"。真烦人,因为我没有办法跟他解释,我已经对他撒谎了,不能改口说我根本不在公司上班,而且还打两个工,而且腰痛。我对他说:"都怨我酒喝得太多了。"

他说他感到非常遗憾,因为他来日本之所以想见我,其实就是看看我们之间还有没有复婚的可能性。他失望地说:"你的那个地方干燥得根本没有办法进入。"他又说到了那个女孩,"我知道女人爱我的时候是什么样子。好像现在爱着我的那个女孩,连亲嘴都会浑身发抖。"

我不知道为什么，竟然对他说了声："对不起。"

他回答说："我们之间真的结束了。永远都不可能复婚了。"

但他在临走之前，还是亲了我一下。我想这是我们一生中最后的一次亲嘴，只是碰了一下，很简单。

零儿走了。我想起今天是我的休息日。我本来可以留他再住一个晚上的。我躺在床上，呆呆地看窗外的天空，天是蓝色的。床上还留着零儿的汗水味。我一直不动，这样到了中午，想起来弄点儿吃的，但发现身子动不了，感觉非常冷。量了一下体温，竟然有三十八度。我病了，迷迷糊糊地睡了很久。傍晚，翔哥来了，听说我发烧，立刻下楼去买了感冒药和盒饭。他对我说："吃了药，再吃点东西，再睡一觉，估计感冒就会好了。"而我呢，来日本后还是第一次发烧，见了翔哥心里忽然酸酸的，泪水顺着面颊往下流，止不住似的。他说感冒是一件很普通的事，用不着有太大的心理负担，大不了跟饭店请两天假。我其实不是为了发烧流眼泪，但是我也不能跟他解释。

我给部长打电话请了两天假。慢慢地，我可以扶着墙壁在房间里走动一下，偶尔还会煮碗面条吃。翔哥来过两次电话，说最近比较忙，要过几天才能来看我。

卫东去富贵阁送货的时候，听人说我病了，回工场说这事的时候，被刘利听见了，于是他打电话来，说晚上想到我家看看。我告诉他我家的地址，他真来了。我说又不是什么大病，犯不着大老远的特地跑来。他说我一个单身女孩，本来就孤零零的。他买了一大袋子水果，有橘子、香蕉和苹果。想想买这些东西差不多令他白打好几个小时的工，我有点儿过意不去。他取笑我，说用不着这么"小看他"，打工赚钱本来就是用来花的。他让我多吃水果，说水果含有多种维生素。我很感动，对他说谢谢。因为想留他在家里吃晚饭，打算下楼去买点儿东西。他不肯，说坐一会儿就走。也许是精神作用，我觉得身体好了很多。问他我离开后陈师傅有没有继续为难他，他回答说："陈师傅是被你甩了才整我们的，你走了他也就没戏了。"

想起对他的承诺，我说富贵阁一直没有募集新人。他让我不要再为了这件事费心，因为他的身份不方便老换工作。"再说了，"他说，"你走后，陈师傅可能怕我真的会用刀劈了他，对我很客气。"

我笑了起来，谈到回国的事，他说这也是他来的目的之一，来跟我告别。他打算下个星期去入国管理局自首。我不希望他回国，但回国是他决定的事，我也没有权利干涉。我的心一下子空空荡荡的。沉默了一会儿,我问他回国后打算干什么。他还是想开书店。又沉默了一会儿,我开玩笑,说他吃一堑却不能长一智。他说就因为这一点他才混得这么惨,而且一辈子都不可能有出息了。他想起什么似的,从背包里翻出来一张CD盘,对我说:"本来,这是我妹妹拜托我买给她的,但我想把它送给你。你觉得孤单的时候就听听。"

我问他妹妹那里怎么办。他说会再买一盘。他要走,我打算送他去车站,他坚决不让我送。我说想跟他一起走一走,他就同意了。去车站的时候,我们走得很慢,是故意的。有一刻我真想拥抱他一下。我们几乎没说话。有几次,我把两只手端在胸前。进检票口之前,他朝我笑了笑说:"你要好好的。"

我笑着朝他挥了挥手说:"你也好好的。"我们都没有说再见。

我们永无再见。我一直后悔没要他在国内的地址和电话。写这篇小说的时候,我有时会想象他突然打来一个漂洋过海的电话。如果不是我相信缘分,我甚至想在报纸上登一则寻人广告。

他留下的CD盘是滨崎步的《BEST》。听说滨崎步刚刚与恋人长濑分手。滨崎步的歌声凄怨哀婉。听完歌已经是午夜了。我知道今天又会失眠了。除了觉得身体无力，头也有点儿痛。长这么大我第一次骂了那几个脏字。我说："他妈的。"

23. 不是你的就不是你的

接着是立新告诉我，她跟乌龙茶也决定回国了。我挽留她，说趁着年轻可以再赚几年钱。但是她跟乌龙茶已经去入国管理局自首过，必须在规定的时间内离开日本，已经没有改变计划的可能了。回国的理由是乌龙茶要跟她办结婚手续，连婚礼都安排了，场所选的是上海的某一家大酒店。她说她正在四处寻找合适的婚纱和家具。我祝福她。

之后，立新连续让我惊讶了两次。首先是，以为她跟乌龙茶在上海忙着结婚的时候，突然接到了她的电话，告诉我她还在日本。我很惊讶。她对我说："秋，我终于明白了。这个世界里的东西，是你的就是你的，不是你的就不是你的。第二天我跟乌龙茶就要坐飞机回上海了，夜里却开始肚子痛，不是一般的痛，死去活来的感觉。只好去医院，结果是急性阑尾炎。立刻就住院开刀了。你知道，我在日本没有医疗保险,结果一个阑尾手术,花了我二百万日元。我想这二百万日元不是我的钱,所以在我走前揪住我,要我交出来。"

对她生病和花了二百万日元的事我很难过,但我没有说话。我想起了被乌龙茶托运回上海的两辆自行车。还有,我曾经有好多次看见她偷冰箱里的烧卖、小笼包以及杏仁酒。我在这方面对她的看法不好,但有一次她塞了一袋小笼包给我,不知道为什么我接受了。因为有这件事,我也没办法说她什么。

接着是三个月后,我再次接到了她的电话,告诉我她又在日本了。我更加惊讶。她说她现在的工作是麻将店里的招待。我问她"是通过什么方法进日本的"。按照日本的法律,有过不法在留经历的人,至少五年内不能再入国。她说跟上一次一样,也是转机。她参加了去澳大利亚的旅游团,在日本转机的时候,再一次从机场溜出来。她笑着对我说:"这一次可是轻车熟路。"

我问她乌龙茶有没有过来。她说乌龙茶留在上海了,因为不想再受罪了。我一连问了她好几个问题:"你跟乌龙茶结婚了吗?乌龙茶同意你一个人出来吗?你打算待多久?这么快就回来了为什么当初急着自首呢?"

她说:"除了不甘心那二百万日元,也因为在日本拿惯了大把大把的钞票,回国后突然不习惯那几张钞票。"

我问她住在哪里,她没有告诉我具体的地点,只说是朋友家,但是她给了我一个手机号码。几天后,我给这个号码打电话,电话公司说这个号码已经停止使用了。来无影去无踪,她像突然刮过的一阵旋风,再一次从我的生活中消失了。直到今天,很奇怪我会经常想起她来。像她这样的一个人,生活会是怎样的情形呢?真的想象不出来。

24. 尺八

部长要我去四楼帮忙,因为有一个四十人参加的大宴会。榻榻米和榻榻米间的隔扇被抽掉,榻榻米单间变成了一个大房间。我看到客人的年龄层比较大,再看菜单,是富贵阁推出的价格最贵的那个套餐。桥本、增山、池田、远腾和藏下,看起来都神情紧张。

学生时代,我曾十分迷恋诗人苏曼殊的诗。流传至今的"春雨楼头尺八箫,何时归看浙江潮?芒鞋破钵无人识,踏过樱花第几桥?"其纤细的神经质的感觉,在我心中绘画般地留下了神秘、孤独、苦恼、忧郁,甚至病体与腐败的印象,人在留恋、爱恋中活下来。却不知在诗的理解之外,一直有一个知识上的错误,以为"尺八箫"就是八尺长的箫的意思。

由于我们都很紧张,宴会在不知不觉中进入了尾声。到富贵阁这么久,我还是第一次用齐腰大的盘子给客人上菜。盘子又大又重,我出了一身汗,觉得口渴,想喝水的时候,看见几个客人从随身携来的包里取出乐器吹奏起来。乐器看起来是竹根制作的,中通无底,管体一尺八寸,歌口为外切半月形,正面开四个按孔,背面开一个按孔。

那是一首威严、肃穆、悲哀的曲子,仿佛从古老和遥远中逼来,在我的心上捣了一拳。我的身体硬起来,一动也不能动了。再看那几位正吹奏着的老者,夕阳透过窗玻璃映在他们的脸上,使他们的表情看起来十分抒情。而被捣过的地方很痛,有水流似的东西哗哗地往外流。一位诗人朋友对我说过,感觉到心痛,是因为灵魂在痉挛。

增山走到我的身后,拦腰抱住我说:"吹得真好。"

我跟她说:"心里好难受。"

她点了点头。然后我们都不说话了,呆呆地站着,好像什么都不想。这时候,在我们的身边,只有寂静、乐曲和我们的喘息声了。我注意到吹奏人的姿势也很硬。不久，曲子终了，我希望他们可以再吹奏一首，增山却让我们去送茶，不过就我没去送，因为有一种东西把我包裹住，我只顾得上难受了。总之我觉得我受了伤，身体中所有的细胞都在痛，想找个地方哭一场。

过了好久好久，我问会弹钢琴的远藤有什么感觉，她转了个身对我说："像大海呼出的长长的咆哮。"

我被她的形容感动，觉得全身的血液都在跳动。的确是一种惊骇的事实，乐曲与苍茫的暮色相融，包裹着我内心的悲哀和寂寞。物极而反，压迫至此，反而逼出一丝兴奋，仿佛内心被乐曲撕扯开的碎块正随乐曲流逝而去，无处不在，超出极限超出时空。而无处不在之处，有一种迷蒙的虚幻。而这虚幻与我的心灵有着许多十分接近的地方，甚至我的心就与这虚幻的巨大齿轮紧紧地咬合着。类似的感受还有很多，举例来说的话，比如我第一次赴日的时候，一踏上飞机，就好像永远离开故土再也无法返还似的。再比如我每次去大连看望妈妈，离开时从不敢回头留恋地张望，好像一回头，看到白发苍苍的妈妈满眼噙着的泪水，便担心失了勇气去面对不可预知的风雨飘摇的未来似的。

对了，就在我初见尺八并被其牵系而思绪迷乱的时候，诗人顾城却在新西兰的一个荒岛上与妻子同归于尽了。看到日本电视台报道的这个消息后,我去买了一朵小白花插在窗前的花瓶里。顾城的诗,也曾经梦幻曲般地诱惑过我。然而,就是这个告诉我"黑夜给了我黑色的眼睛,我却用它寻找光明"的诗人,却将自己投身于黑暗中了,且一无诗意地死去。一大堆活人的众说纷纭我一个都不信,我自己也不愿意去想、去判断。我不曾去过新西兰,但在我的想象中,在新西兰,在顾城所留恋的地方,有一个古老的钟挂在一根黑油油的柱子上,顾城曾坐在下面,将自己沉浸在幻影里。这样一种幻影还会一直跟着其他的人。比如我。听到顾城自杀的消息,我想到尺八。尺八施与我的综合感受令我想到苏曼殊的诗。于我来说,"春雨楼头尺八箫"是一种曾沉浸过的幻影。尺八所暗示于我的那种空灵和遥远再一次穿越时空来到我的心中。所有过去的,包括那些死去的,所有的一切,都被再一次地唤醒了。音乐里没有生或者死一类的名词,音乐有的是对所有一切的表现和形容。

　　自从那一次生病,我第一次对自己跟翔哥的关系产生了疑惑。我病了好几天,而他就忙了好几天。我第一次意识到,在我生病的时候,他表现得"麻木不仁",而这成为衡量他是否真心爱我的一条重要依据。

25.我像帆船漂向远方

开始，我并没有认真对待妈妈的请求，次数多了，只好求教授帮忙做连带保证人，这样哥哥也取得了留学签证。再过一段时间，哥哥就要来日本，跟我一起生活了。不愿意哥哥知道翔哥跟我的关系，我决定搬家。知道我在找房子，阿珠说富贵阁有职工宿舍，地点就在中华街，上下班很方便，前几天刚好空出一间房，如果我想住进去，她可以让厨师长跟部长谈谈看。她这样对我说："在中华街，一室一厅的话，房租至少也要十万，但因为是职工宿舍，差不多八万就可以住进去了。"

想想哥哥来了也要打工，房费肯定是一个人一半，我就同意了。

一般的情况下，决定租房子前，一定要亲自看过房子才放心，但这次是阿珠介绍，尤其阿珠本人就住在宿舍里，所以当她告诉我部长同意将宿舍租给我时，我二话没说就签了契约。上一次搬家的时候，因为只有一个皮箱，翔哥叫了一辆出租车就把家搬了，但这一次不同，我在附近的电器商店捡了冰箱和洗衣机，都是半成新，很好用，想带到新房子那里。日本有很多搬家公司，但我后来才知道。而且我相信翔哥会帮我搬家。

其实，一签完契约我就通知翔哥搬家的日子了。时间一天天地过去，直到搬家的前一天，翔哥都没有来过一次电话。我决定打电话给他。但我打了很多次，一次都没有打通过，电话里一直重复地说电话在电波达不到的地方。我只好撇下他自己想办法。

我在沙发上坐了很久。发现窗外有雪花飘扬的时候，决定去常去的那家咖啡店喝杯咖啡。雪不等落地就融化了。走路时，地面上的水会随着鞋子被甩到裤脚上。我的心中一片茫然，感觉自己像一只帆船，正准备向远处漂去。

店里回荡的音乐依旧是莫扎特，但对这个时候的我来说，旋律已经消失，唯有音符在心头跳过来跳过去。有一阵，我只想一个问题：要冰箱和洗衣机？不要冰箱和洗衣机？

喝完咖啡，走出咖啡店的时候，雪花棉花球似的落在我的脸上，地上甚至有一层积雪了。凉气阵阵扑到肌肤上，这时候我就把双手插到口袋里，绷紧全身，似乎可以战胜点儿寒气。

回到家，我给阿珠打了一个电话。

晚上，我去车站接阿珠，没想到她把老公也带来了。她老公的个子虽然矮，但五官清秀，笑起来有圆圆的酒窝，看起来和蔼可亲。他笑着对我说："如果我没有听错，我老婆让我来帮你丢东西。"

我说是。他惊讶地问我："你不是搬家吗？不是搬东西吗？"

我向他表示感谢，对他说："我也想把所有的东西都搬到新家，但一会儿你看到那两件庞然大物，连你也会泄气的。"

他问是什么。听了我的回答，他问我不觉得可惜吗。我说本来就是在电器商店那里捡来的垃圾，也许到了中华街，还可以捡到更好的。他大声地笑起来。

我本来想让阿珠跟她老公坐下来歇一会儿，但他们很客气。我整理东西，选出那些重要的，再由阿珠跟她老公装到箱子里。这样到了最后，阿珠打开冰箱做最后的检查，问我剩下的两瓶水果酒怎么办。我问她要不要。她说她跟老公都不会喝酒。想想去了新家不一定能跟翔哥一起喝酒了，我就回答说："扔了吧。"

捡冰箱和洗衣机的时候，是立新帮我抬回家的，那时她正好乌龙茶闹别扭跟我同住。那时候是两个人抬，不记得有重的感觉，但现在是三个人抬，竟然觉得很重。也许是阿珠跟她老公的个子都很矮的原因,冰箱在三个人之间摇来摇去的。

令我感到惊奇的是,垃圾场的垃圾被雪覆盖,放眼望去,就是白茫茫的一片。我们把冰箱和洗衣机放在白雪上,冰箱和洗衣机好像白茫茫一片中的一个布景。

话说回来,现在的日本,已经不允许随便扔粗大的电器用品了,要花钱并由专门的业者回收。现在电器商店或者垃圾站,已经没有电器可以捡了。

我觉得很累很累,一句话也不想说。或许我的样子有点儿伤心,阿珠注视着我说:"你不要紧吧。"本来我是拼命忍住的,阿珠一问,眼泪不由得流下来。阿珠问我:"不过是搬家而已,为什么要流泪啊?"

我不知道如何回答她的问题,于是她老公在旁边附和着说:"是啊是啊,换个地方住而已啊。不过,在一个地方住久了,难免会产生感情,离开时觉得不舍也是正常的。"

阿珠问我是不是舍不得冰箱和洗衣机。我摇头,回答说不。阿珠说:"冰箱和洗衣机扔了也好,扔了就轻松了,干净利索了。"她沉默了一会儿说,"想想看,你只要一个手提箱,一个纸盒箱就可以把家搬了。"阿珠说得对,但我的眼泪却是流得更厉害了。怎么说呢,虽然只是丢冰箱和洗衣机，但我觉得有一种致命的东西被一起丢掉了。也许是不耐烦了，阿珠突然大声地对我说："好吧，你想哭就哭吧，使劲儿哭吧。反正除了我们夫妻也没有人看得见。"她的话很管事，我的泪水一下子就止住了。

阿珠来我家的时候，顺便带来了三个盒饭。我们坐在沙发上吃盒饭。我一直不说话，阿珠从垃圾袋里取出一瓶水果酒说："干脆破一次例，我陪你喝点儿酒吧。"

其实她只喝了几口，我喝了半瓶。我的被褥装到纸盒箱里了，但赵小姐的被褥还在。我告诉阿珠怎么睡，她跟她老公和衣睡在床上，我在沙发上坐着睡着了。半夜，我们被电话铃声吵醒了。我以为是翔哥，却是国际长途。大头的声音漂洋过海地传到耳际。大头说新年好。我问大头："今天是新年吗？"

大头反问我怎么连春节都忘记了。我告诉他日本过阳历年，所以就忘记了阴历年。大头说他正在电视机前看春节联欢晚会，还问我有没有听见鞭炮声。我当然听见了，脑子里忽然出现小时候爸爸在后院放鞭炮的情形。大头大声地问："你听到了吗？"我说听到了。大头又问："你那里一切都好吗？"我说好。大头说："来年争取回北京过春节啊。"我说好。大头问我："你在干什么呢？"

我说:"你问的是现在吧。"

大头说对。我看了看坐起来的阿珠和她老公说:"在睡觉。"

大头说:"啊,对不起把你吵醒了。你接着睡吧。"

我说好。

放下电话后,我跟阿珠和她老公道歉。阿珠说:"那边比我们这里晚一个小时。不过,连我也忘了今天是春节呢。明天中华街会热闹得不得了。又可以看到狮子舞了。"

我们都睡不着了。说出来也许没有人会相信,听见大头声音的那个瞬间,我觉得有美丽的烟花落在了我正痛着的心上。

我们决定坐始发车去中华街。离去车站的时间还有两个小时。阿珠和她老公眯着眼睛休息,而我老是想翔哥。这间房里有过太多次我跟翔哥的拥抱。想来想去,脑子里竟然都是某一些时刻的回忆了。其间阿珠睁开过一次眼睛,问我要不要在床上躺一下,我说不要。她笑着说:"不过,这床也没有办法躺三个人。"

到中华街新家的时候,天还没有完全亮。房间里什么都没有,空空荡荡。尤其没有空调,我觉得格外冷。阿珠回家一趟,回来后拎来一个电暖炉。阿珠的老公说附近有一家电器商店,要不要去看一下,趁热打铁,干脆把冰箱和洗衣机都捡回来。

　下楼,朝左走五分钟,就是阿珠老公说的那家电器商店。我们先搬了一个小冰箱,接着搬了一个单缸全自动洗衣机,接着搬了一台二十四寸左右的电视。房间看起来有点儿像样了,也许是电暖炉的作用,我觉得暖和起来。阿珠说:"至于这些电器能不能用,就看你的运气了。"我说不能用就扔了。她说:"对,再捡好了。"阿珠跟她老公回家了。早安我的新家。早安中华街。

26. 樱花茶

　从富贵阁出来,一眼就看见了翔哥站在几百米外的一棵树下,我想是他不知道我的新家在哪儿,特地跑来富贵阁的附近等我。因为是阴历年,大街上人满满的,而其中的大多数人都说着中国话。首先是我没想到翔哥会直接来中华街找我,平时他总是用电话约好了时间和地点的。我是费了一番力气才走到他身边的。他对我说:"你好。"我点了点头。他又对我说:"对不起。"如果我没有理解错的话,他抱歉的实质是他在我需要帮助的时候躲避了。我不停脚地朝家里走，他默默地跟在我的身后。我有意走得很慢，街上的人这么多，万一我走快了，他跟不上我可就糟糕了。不久到了公寓大楼，我走进电梯，他跟着我进电梯，整个过程中我们都没有说话。出了电梯，他跟着我走到家门口。我打开门锁，打开房门，他跟着我进了房间。他为我关上了大门。

我一声不吭地站在房间的中央，翔哥站在我的对面。我的手心里都是汗。我感觉到他的目光，心想他要找很多的借口跟我解释为什么这么久都不联系我，为什么不帮我搬家了。我觉得自己挺烦的，因为我不知道会不会相信他。即使相信了他，又会不会原谅他。再说我们只是习惯了约会，并不代表我有权利要他为我做什么。

他无语地打开手提的纸箱，从里面取出一台带传真的电话机。接下去，他从衣袋里取出一张纸递给我说："这是名义转换契约书，你只要带上身份证，去电话公司将使用人的名字改成你的名字，就可以拥有这个电话号码的使用权了。"

我知道在日本申请一个座机号码要花好几万日元，于是向他表示感谢。他淡淡地对我说："应该的，你搬家的时候我没有帮上忙，电话算我送给你的礼物吧。"我向来认为他很冷静，但还是感到惊讶。另一方面，对他的歉意，我在心里竟然生出了感激之情。一定是他看出了这一点，突然将手搭在我的肩膀上，似乎我们之间什么都没有发生过。我随他坐在榻榻米上。他小声地对我说："对不起。"然后他问我想不想听他最近都忙了些什么。他穿了一套新西装，衬衫很一般，但是领带很好看。我说不想听。他问我是不是生气了，说着把我的手握在他的手里。依我看，他连怎么哄我都做过准备的。我呢，平时只要他对我好点儿，就会高兴得心跳，何况他一再跟我道歉。

我对他说："算了。"

他回答说："那我就不多说了。"他真的非常了解我。平时他很少说话，但今天的话却特别多。他说我的新房子很宽敞，离饭店又近，除了没有装空调，简直无可挑剔。他只字不提我搬家的事，比如我是如何在下雪天搬的家，天气这么冷，电暖炉是怎么搞来的，等等。他长时间地抚摸着我的头发说："我会尽快帮你装一个空调。"

我说"谢谢"。

但有一件事令我模模糊糊地觉得不对劲，不知道是有意还是偶然，他穿一本正经的西装来我家，也许还是第一次。这时他对我说："你看上去有点儿失魂落魄。"我苦笑着说我有点儿累。他说："那么我就直截了当地说吧。"我问说什么。他回答说："那个赵小姐，在富贵阁站柜台的那个小姐，你知道她是谁吗？"

我说："赵小姐就是赵小姐呗。"

他将眼睛从我的脸上移开，神情看起来有些难为情，小声地说："她是我家里的那个人的朋友。她们经常在一起。"

我说："哦。"

他说："我的意思是，在中华街，我们不能跟在新丸子似的明目张胆。"其实，搬家的时候联系不上他，我就意识到他不是属于我的，不过我还是觉得有点儿喘不上气。我踌躇地说我很累，想早一点儿休息。他顺从地站起来说："好吧，今天就待到这里，我回去了。"他开始往外走，之后在大门口站住，回头看着我说，"明天，我会一大早就过来。"他想起什么似的回到我身边，问我，"如果你愿意的话，可不可以给我一把钥匙？"

我明白他想要钥匙的原因是什么，在他自己说出来之前，我先说出来吧。我把钥匙递给他说："以后，你都可以直接来家里等我，不用在中华街露面。"

他回答说："让你费心了。谢谢。"

我确信对我跟翔哥来说这是最善的选择。但我的心中开始有一种预感，觉得会发生什么令我不安、不愉快的事情。

总之我觉得郁闷。

翔哥走了。每逝去一秒一分，对他的思恋就跟着加深一寸。我自己也惊讶对他的感情是这样的依依不舍。其实也没有什么好惊讶的，世间最不堪的痛正是断肠般的思念。因为是幻影才会产生念头。奇怪的是，我还有了一种可怕的感觉，好像搬来中华街后，一不小心的话，就会被魔怪附体似的。

睡觉前我冲了一杯樱花茶。茶是阿珠给我的。开始是一个个被压缩的粉红色的花瓣，慢慢在热水中舒展开来，于是茶碗里有了几朵盛开的樱花。说是樱花，又觉得太蓬松了。枕头边放了一本《后撰集》，顺便读了一首"恋歌"。西四条斋宫还是少女时，就对伊怀有深深的眷恋，当此斋宫远行之翌晨，将自己的愿望系于杨桐枝上。"伊势海浪涌千寻，我情深深不见底。"真的是悲从中来。

27. 隔墙有眼有耳

不知道阿珠是听谁说的，我新搬的房子风水不好，之前有几个人住过，但结局都很糟糕，要么是因为生病而住院，要么就是得了癌症死了。我挺相信这种事，但家已经搬完了，想后悔也来不及了。

过了没几天，赵小姐找我，说有话要跟我说。我吓了一跳。但仔细想想，搬来中华街后，我跟翔哥从来没有双双出入过。赵小姐说："瞧你这副镇定的样子，我都怀疑自己听到的话是真是假。"我想知道她听到的是什么话。她神秘地对我说："桥本说，有一个男人经常出入你的房门。"毫无疑问，桥本说的男人是翔哥。有一阵，我一句话也说不出来，搞不清桥本是怎么知道的。我说很惊讶，无法理解这件事的来龙去脉。她问我："你不知道桥本就住在你的隔壁吗？"我说我一次都没有遇见过桥本。赵小姐突然哈哈大笑了几声，之后对我说："秋，太可怕了，一定是桥本通过门上的猫眼在监视你。"她将两只手抱在胸前说，"啊，想想都起鸡皮疙瘩。不过说真的，你更加得小心点儿了。"她耸了耸肩。从某种意义上说，即使我家里有男人自由出入，跟赵小姐和桥本也毫无关系，但有一点非常庆幸，就是赵小姐不知道那个男人是谁。还有，因为这一次谈话，每次回家时，我的眼前总是晃动着桥本趴在猫眼上窥视我的样子，觉得毛骨悚然。

我想起了一件事。有一次跟乌龙茶闲聊，乌龙茶说，有一天去厕所，隐约觉得头顶上有人的影子，抬头看时人已经溜了，但他还是看见了那个人的头顶。他说："是短发，肯定是一个男人。吓死我了。"那时候，我觉得那个男人很可能是一个变态的客人，但现在我觉得是桥本。

午休时，我跑去五楼找阿珠，没想到在电梯里跟桥本撞了个正着。他通过猫眼窥视我的情形突然浮现在脑海里，我想离他远点儿，故意站到靠近门口的那个角落里。我也故意不看他。我听见他对我说："秋，昨天晚上，已经快午夜了，我看到一个穿着黑色皮衣的男人从你家里走出来。"翔哥昨天穿的正是黑色的皮衣。我的心脏开始上上下下地跳，根本没有力气跟他说话。他接着说："我听到从你的房间里传出一阵阵的呻吟声。"他突然开始呻吟起来，我觉得一阵恶心。电梯到了五楼，门开了，我一个箭步冲出去，我没有时间看他，但我确信他跟着我出来了，因为他是五楼的支配人。看到了阿珠，他抢先叫住说："阿珠，你知道吗？虽然秋没有结婚，但是秋和男人做那种事。"阿珠问什么事。他再一次呻吟起来，脸上挂着淫荡的笑。他的样子会令人把我想象成一只母狗。阿珠跟我对视了一会儿，我耸了一下肩膀。

阿珠问他："你怎么知道秋跟男人做那种事呢？"

他把耳朵贴在墙上说："这样听啊。"

阿珠说："听得清楚吗？"

他回答说:"很清楚。"

显而易见,这是我想象不到的最坏的情形。谁都知道他的行为很下流。以后,我在家里,连喘气都得小心了。阿珠突然问他:"你不知道这样做侵犯人家的隐私吗?如果秋去警察那里告你,警察会把你抓走的。"我不吭声。他于是尴尬地笑了一下就离开了。

阿珠看了我一会儿说:"你打算怎么办?"

我反问她:"我又能怎么办?"

她说连她都觉得害怕。接着她跟我道歉,说不该给我介绍现在的房子。这件事对我身心的影响非常大。翔哥再来我家的时候,我会觉得自己像一个贼。有一次我绝望地对翔哥说不行。他问为什么。我把桥本的事说给他听,然后指着墙壁和大门说:"这里和那里,到处都有桥本的面容浮现出来。我现在连墙都不敢靠了。"

他朝着墙走过去,用手轻轻地抚摸着墙壁说:"你这么在乎吗?"我点了点头。他很快地回到我身边,拥抱着我说:"下次我们去情人旅馆好了。"

28. 初去翔哥家

我跟在翔哥的身后走在一座山丘上。途中是一座座别墅式的房子。天正在慢慢地黑下来。晚风在耳边不断地抚过。我想知道他带我去哪里，但又不好意思问。他停在一座别墅前，打开门，让我进去。我看见门口摆了几双鞋，有几双是女人和孩子的鞋，不用说，他是带我到他的家里来了。一般的情形下，日本男人不带女人去自己的家里，基本上是去情人旅馆。一定是我的表情看起来很惊讶，他解释说家里的女人带孩子去台湾了。说真的，长这么大，我还是第一次以第三者的身份，到一个男人的家里来，所以对他家里的一切都感到好奇。首先映入我眼帘的，是一个很大的鱼缸，几条金鱼自由自在地游在水里。金鱼很好看，当然是金色的，有着伸展的大尾巴，看起来像浮游着的一片片花瓣。金鱼使我想起了父亲。我小的时候，父亲养过很多金鱼。也许可以说养金鱼是父亲唯一比较向上的兴趣。

客厅的窗边摆着一个可以坐四个人的长沙发。沙发前是一个四方形的茶几。翔哥让我去沙发上坐，而他自己去厨房了。客厅的窗帘半遮半掩,加上没有开灯,感觉比外边暗很多。他从厨房出来的时候,我说太黑了,于是他顺手打开了调光灯,房间一下子温和起来了。

我一边喝翔哥冲好的咖啡,一边打量客厅。墙上有两张尺寸很大的照片,照的都是同一个女孩,也就十几岁的样子,很漂亮,散发出天真和纯洁。女孩的笑容很灿烂,很妩媚。我想女孩在拍照的时候,眼睛肯定是对着相机的镜头,所以无论身处在哪个位置,都有一种被她直视的感觉。这一点使我觉得不舒服。我再一次想起了父亲,不,也许可以说是想起了幼儿时的自己。

我曾经见过我父亲的情人,也是在家里。那时候我只有五岁,或者六岁,准确的年龄我忘记了。我一直不明白父亲为什么不喜欢我,直到那一次我和妈妈去菜市场,妈妈用手指着一个老婆婆对我说:"那个女人就是老黄婆,你见过的。"

我不认识这位老婆婆,于是问妈妈:"我见过这位老婆婆吗?"

妈妈惊讶地说:"你怎么会不记得了呢?你还是小孩子的时候,老黄婆经常来家里找你爸,但是她每次来,你都会哭。只要老黄婆不走,你就不断地哭,简直惊天动地。为此你爸爸没少骂你。"虽然我不记得老黄婆的样子了,但对妈妈说的事情依然保留着深刻的印象。

有一次,妈妈做好了饭,要我去对面的人家叫父亲回来吃饭。我肚子早已经饿了,想赶快吃饭,所以飞跑着去了对面。进门后,我看见父亲的旁边站着一个女人。那是个干瘦的女人,个子不高,至于长的是什么模样我已经不记得了。只记得她不看我,看墙壁。我让父亲回家吃饭。父亲看起来很不高兴,让我转告妈妈,说他"今天不在家里吃饭了"。我回到家里,将父亲的意思传达给妈妈,但妈妈不说别的,只是一而再,再而三地对我说:"去叫。再去叫!"

父亲终于回来了,但进屋后抬脚将饭桌踢翻,妈妈精心准备的饭菜撒了一地。我很害怕,妈妈无语地带我去里面的房间,小声地跟我解释说:"这是大人之间的事,用不着害怕。"我还很伤心,觉得那些饭菜很可惜。过了一会儿,我问妈妈,爸爸为什么会发这么大的火。妈妈摸了摸我的头说:"等你长大了,自然就会明白了。"因为是这个原因,以后那个干瘦的女人来家里找爸爸,我就会哭,一直会哭到她离开为止。

关于妈妈,关于父亲,要说的话太多,但应该是另外一个故事,不提也罢。只是我至今依然记得那个时候妈妈的神情。不知道是否跟我讨厌父亲有关,长大后,我总是喜欢那些上了年纪的男人。所有我爱过的男人，差不多都大我十岁以上。我看过一些心理学方面的书，好像有父亲情结的女人，成年后找男人的时候，会自觉或者不自觉地在寻找情爱的同时，也寻找父爱。很早我就发现了，我从来不会跟比我小的男人有恋爱关系。比我小的男人满足不了我。

翔哥坐在我对面的座椅上，我从沙发上下来，坐到他对面的座椅上。我们一起喝咖啡。感受到墙壁上他女儿的目光，我浑身不自在，有一种虚脱的感觉。没话找话，我问他有几个孩子。他说他以前跟我说过。我想起来了，那次他说有人给他算命，说他命里会有两个儿子。但实际上他只有一个儿子。他认为我也许会在日后给他生一个儿子。他问我为什么会问这个问题。我说没什么，只是突然想问问而已。他也不再追问，站起来，从冰箱拿出了一瓶红葡萄酒和两个透明的酒杯。他把装着葡萄酒的酒杯递给我时，我甚至没有客气一下就喝起来了。为了壮胆，我在心里一直等着他让我喝酒。一瓶酒很快就被喝光了，觉得迷迷糊糊的时候，他把灯光调得更暗，从某种程度上说，我几乎看不清他的神情了。按照他的指示，我坐回沙发，他跪在我的面前，动手解我衣服的扣子。我推开他的手，朝他摇头。他不明白。我说不自在。他说房间里又没有其他的人。我想了想，问他能不能把灯全关了。他说好。黑暗中我只能听见他的声音了。他对我说:"今天,你就把你的魂丢在这里好了。"

但即使是关了灯。我还是觉得不行。有一阵,我甚至有了一种可笑的感觉,仿佛我就是幼儿时见过的老黄婆。这时候,我真希望他带我来的地方不是他的家。我对他嘟囔了一句"不行"。他问为什么不行。我说我觉得难堪。他问为什么会觉得难堪。我说墙壁上他女儿不眨眼地盯着我看。他说那不是他女儿,是他女儿的照片。我当然知道是照片。我让他重新打开灯,对他解释说:"也许这种感觉有点儿怪,觉得照片跟人是形和影,形影不离。"

他说我犯神经,但不再勉强我。我有点儿感激他。我还是第一次真正理解了妈妈当时的神情。这个时候,我第一次觉得,爱也有让人觉得承受不了的时刻。我问他附近有没有电影院,想不想去看场电影。他犹豫了一下说:"已经这么晚了,还是在家里看看电视吧。"

看电视的时候,他把我抱在腿上,不时地抚摸我的乳房。决定睡觉的时候,我说什么也不肯去他的卧室,于是他从楼上搬来了一套被褥,顺便给我拿了一套他自己的睡衣。他让我先洗澡,结果他跟了进来,我也没说什么。热水哗哗地流下来,他抱住我,我的身体贴在他的胸前。他吻了我。

钻进被窝后，他放了一首曲子，竟然是我最喜欢的Enya的《草原》。神用太阳和月亮编织的舞蹈由天使们舞蹈着降临。我感到一个女人的灵魂发出前世今生不死不灭的光芒。没有一个音符是可以省略掉的。千帆过尽。翔哥吻了我一下，刚才喝下去的酒充满了血管，我突然昂奋起来。就在我跟翔哥紧紧地抱在一起的时候，他家里的电话机响了。这个时间来电话，不用猜都知道是谁打来的。我问他："你要接这个电话吗？"

他一边伸手取电话机，一边回答说："她的性格本来就喜欢疑神疑鬼的，我不接电话的话，她会以为我不在家里过夜。"看到我懊丧的样子，他解释说，"我不过想避免麻烦，希望你可以理解。"

我没有理由不让他接电话，再说打电话来的女人是他的太太。我回答说："我可以理解。"

放下电话后，翔哥滔滔不绝地说起来："我不是怕那个女人，我只不过想站在一个礼字上。我不这样做的话，吵起架来或者将来想离婚的时候，吃亏的就是我自己了。"我对他说怕也是应该的。他强调他不是怕。我说怕吃亏也是怕，于是他对我说："算了，好不容易来我家里一次，我们还是不要争执了。"我呢，也觉得很无聊，干脆睡觉了。

黎明前我做了一个古怪而漫长的梦。在梦中，我看见了房间的角落上有一个黑色的圈套，仿佛引诱我将脖子套进去。从梦中醒来的时候，已经天亮了。我翻了个身子，翔哥趴在我的身边，身体紧挨着我。我能感觉到他身体上的热气。说真的，我一贯迷信，对于自杀的梦，很想进一步琢磨是吉是凶，是暗示还是警告。我的头昏沉沉的。翔哥家离中华街很近，我得走了。十点钟我要去富贵阁上班。外边还真是阳光明媚，我在太阳底下待了一会儿。

29. 就职

　大学的生活即将结束，打算回国的时候，教授说有一家出版社，因为想打开亚洲的图书市场，想找一位会日语的外国人做编辑和企划，问我想不想去。我在国内就是做编辑工作的，如果在日本的出版社就职，也许可以为中日文化的交流尽一点儿力，就同意了。教授是这家出版社的作者，很快跟出版社沟通，于是社长定好了时间让我去面接。
　我的日语不似现在这样得心应手，加上过度的紧张，社长问我的问题，几乎一个都没有听懂。只要我意识到社长在等我回答问题，我就跟他说"是"。据我所知，那时候，只有一个姓唐的中国人在日本的出版社当编辑，如果我被采用，将是第二个在日本出版社工作的中国人。

吃过饭，喝过酒，社长突然问我什么时候可以上班。我说一个月以后可以上班。他说那就一个月以后吧，他让我直接到出版社来找他就行了。然后，他又问我想要多少工资。我告诉他，外国人在日本办就职签证，工资不能低于二十五万日元。他回答说，那就二十五万吧。

至于我能这么简单就职的事，除了要感谢教授，还要感谢教授的父亲。教授的父亲是日本屈指可数的心理学专家。正所谓子承父业，教授和他的父亲都是日本心理学界的名人。教授当场答应社长给出版社一部书稿，还开玩笑说让我做编辑。后来，我到出版社工作后，才知道那天在酒店招待我跟教授的是老板，真正的社长是坐在他身边的那位年轻的美人。听人说，美人社长是老板出差时从外地带回东京的。我很感叹，从一个旅馆招待一下子成为出版社的社长，绝对可以说是命运。不过，大家都知道美人社长是老板的情人，平时不约稿，也不编稿，只负责管理出版社的钱。

有一件事令我觉得别扭。酒会结束后，老板让美人社长叫来了一辆出租车。教授上车的时候，老板非让我也一起上车。我跟社长解释，说跟教授不同路，但老板还是执意叫我上车。我想他是把我看成教授的情人了。教授乘坐的出租车跑远了，社长一脸不可思议地看着我。我的日语不好，什么都不能解释，再说这种事也没有办法解释。使我感慨万千的是命运，正所谓跟一个人的相遇，有可能会改变你的人生。最初，我只是想在日本的出版社干几年，有机会去亚洲各地跑一跑，并没有永远留在日本的意思，没想到几年后因为种种原因归化了日本，连姓名都改了，而我对故里还有千丝万缕的联系，还有很深的感情。有时候我也会问自己，归化日本到底有没有后悔。答案一直都是没有，因为是"那时候"的事。

时间过得真快。时光真是挡也挡不住。用不了多久，我就要去出版社工作了。能干自己想干的工作，真兴奋，连想想都会觉得喘不上气来。同时，因为在富贵阁的时间不多了，疲劳忽然变得容易忍受，连端盘子都觉得比以往快乐。

有一件事我不喜欢想，甚至也没有跟任何人说过。就是我觉得一楼的支配人山馆不喜欢我。有一次，他说我太瘦，根本不适合打工。在我的印象中，这是他主动跟我说过的唯一的一句话。他自己从来不跟我说话，即使在哪里碰上了，他也不正眼看我。我一直觉得他在找机会解雇我。今天是星期一，是饭店最闲的日子，我很高兴。午休去五楼的时候，没想到在电梯里撞上了山馆。正如我所形容的，他有意站到我的前面，我能看到的就是他的后脑勺和他的后背。我的心痒痒的。想想过不了多久就要离开富贵阁了，我很想证实一下，他是否真的因为我瘦而讨厌我。我说我在富贵阁只能待一个月了。他不吭声，好像没听见我说话。我说我知道长期以来他一直讨厌我。他还是不吭声。我问为什么。他终于肯回话了，对我说："喜不喜欢不需要理由。"他犹豫了一下，接着说，"我确实不喜欢你。"

我的心更痒痒了，还生气，对他说："我也不喜欢你。"他依旧不吭声。我说："人跟人之间的关系，缘分很重要。我们两个人的缘分不好，相克相冲，所以我们从一开始就彼此厌恶。"

话说到这，电梯已经到了五楼，我愣愣地走出电梯。

想不到下午我在一楼帮忙的时候，山馆突然出现在我的身边，目不转睛地看着我。我问他有什么事。他用手指着短裙下我小腿上遍布的瘀血块："你应该休息，最好尽快去医院做身体检查。"沉默了一阵，他接着说，"这个样子拖下去的话，你也许会死。"

他说的是真的。妈妈走后，先是腰痛，接着瘀血块再一次遍布在我的身体上，只有我心里明白瘀血块不是病，是过于放纵和营养不良。但是谁见了都会担心。不过，山馆担心我，我格外高兴，答应他马上去医院做检查。他转身走了。我一直盯着他的背影。虽然我最终也没有搞清楚，他到底是因为什么不喜欢我，但我们的关系已经改变了。我明白了，有一些事情，理由如何其实并不是十分重要。

赵小姐趁着没有人在我眼前的时候凑过来说：" 秋，关于你身体上的瘀血块，私下里的传言很不好。你抓紧时间去医院吧。有一个医生的说法比较好。" 我想知道私下里的传言是什么。她附在我的耳边说：" 因为你身上到处都是瘀血块，有人怀疑你得了艾滋病。"

我跟她说我没有得艾滋病。但是她说她一个人知道毫无意义，要大家都能够" 相信" 才行。她还说这是件大事。她建议我去医院，" 至少拿一份医生的证明"。

为了证明没有得艾滋病，我只好去医院做血液检查。几天后，我把化验单给在场的人看：" 医生说我的瘀血块是营养不良和疲劳过度造成的。"

说真的，我有点儿讨厌自己这么做，对这样的行为很难过。

阿珠说：" 我一直说秋身上的瘀血块跟房子的风水有关。那间房子有问题。之前的人，住进去没多久就挨了一刀。"

我说: "话是这么说,毕竟没有科学根据。"

阿珠说: "要什么科学根据啊。我担心不久你也会在医院挨一刀呢。"

淑云说: "一定是鬼揞的青。"

我说: "即使鬼揞也会有痛的感觉吧。我没有感觉啊。"

30. 人间革命

听了阿珠的话,赵小姐深信只有修行才可以令我的病不治自愈。一天,她说要介绍一个人给我认识,还说这个人跟她一样,也是创价学会的会员。关于创价学会这个名字,其实我一点儿都不觉得陌生。早在大学的时候,零儿就对我推荐过一本名为《人间革命》的书,书的作者池田大作同时也是创价学会的会长。

话说赵小姐要介绍给我的那个人,原来跟我住在同一座公寓的四楼。赵小姐跟我提起这个人的时候,称她"朱太太"。创价学会有很多学习小组,朱太太家是学习小组的场地之一。每星期四,学员们定时来朱太太家聚会,诵经念佛后，由组长带领大家学习。赵小姐让我周四跟她一起去朱太太家，我猜她是想拉我加入创价学会，本想佯装有事，但在她的一再要求之下，只好改口说"那就把周四的事推到周五好了"。

那么，赵小姐是因为什么入会的呢？她已经三十多岁了，结婚也有十几年了，夫妻关系很好，一直想要个孩子，但是竭尽全力仍然没有怀孕。她正在做不孕治疗，同时也在做人工怀孕措施，有人告诉她，只要加入学会，跟着铃木大作老师一起"革命"，肯定会心想事成。她说她每天早晚诵经，每次诵二十分钟。

再说朱太太是怎么入会的。她跟丈夫一起开酒店，结果没有赚到钱，反而欠了一大笔债。听了加入学会后的种种神奇传说之后，她马上入会，眼下正打算开一家居酒屋。

一些人在现实中遇到挫折打击后一蹶不振，但创价学会会重新点燃他们对生活的热情。从这个意义上来说，我也不想对赵小姐和朱太太的入会做什么评价。

我到朱太太家的时候，十几个人围着一张方桌坐在榻榻米上。朱太太特地告诉我，坐在正中间的叫中野的那位男性，是学习小组的组长。然后朱太太递给我一本很薄很小的手册，我看到封面上印着"勤行要点"四个字。

人齐了，活动就开始了。中野用一支木棒敲了一下金盆，以浑厚的嗓音唱了一句什么。我没听清楚，朱太太为我翻译成中国话，说中野唱的是"南无妙法莲华经"。然后大家跟着中野诵经。没有人持《勤行要点》，因为所有人都背得滚瓜烂熟。眼前这些人的热烈情感令我觉得不可思议。朱太太要我打开《勤行要点》的第五页，对我说："你不会诵经没关系，你就照着文字念好了。"我开始照着念："所谓诸法。如是相。如是性。如是体。如是力。如是作。如是缘。如是果。如是报。如是本末究竟等。"

然后中野给大家讲经。第一句话是："菩提是什么？菩提就是开悟。"

有一阵我试着注意听讲，但很快会去注意那些听讲的学员，并在心里想象他们的不幸又是什么。我偷偷地认为，加入创价学会，根本不可能改变他们的人生，而这个想法压得我喘不上气。我希望小组学习尽快结束，想早一点儿回家休息。这时候，中野突然大声地说："今天的课题，就是要证明今年乃是成功之年。成功的关键在于树立并坚信成功的意识，从自我开始，从现在开始，从变革开始。"

我知道，他的讲经快结束了，不由得感到一阵解脱。

还没有来得及高兴，中野又让大家谈所谓成功的体验。

朱太太自告奋勇。

朱太太十八岁就跟现在的丈夫结婚了。之后跟着大她二十岁的丈夫去美国。由于在美国的生活不理想,十年前又辗转到日本。一年前,她发现丈夫突然忘记了怎么做菜,忘记了自己的名字,甚至出门时会忘记回家的路。是的,她丈夫患了阿尔茨海默病。现在,她丈夫连吃饭都不记得了。朱太太说,饭店倒闭等于失业。一边是疾病,一边是失业,人生最糟糕的两件大事都被她的家庭遭遇了。按理说,她应该萎靡不振,或者是诅咒不幸,也或者会选择自杀,但是她非常乐观,因为有创价学会的指引,是创价学会的会长池田大作老师为她的生活指出了新的目标。她这样对大家说:"人一旦有了新的目标,就会勇往直前。那些不幸的苦难,其实是佛施与我的伟大的考验。因为我可以超越这苦难佛才会选择我。努力使我得以自我训练,开悟使我乐观。"

朱太太说得慷慨激昂,给我一种"置之死地而后生"的感觉。有人说,宗教在某种意义上是解药,可以用来为人类解毒。我想这话有一定的道理。战后被选为贵族议员的宗教领袖贺川丰彦,在他的自传小说中写道:"像一个被恶魔蛊惑的人,每天自闭在房间哭泣……苦恼持续了一个半月,最后生命终于获得了胜利……他将借死亡所赋予的力量而生存……我的活动力和注意力不受任何束缚，可以专注于目标的实现。我的旁观自我以及不安的重荷，已不再阻挡在我与我的目标之间；随之消逝的还有紧张感和沮丧的倾向——这两者过去妨碍了我的奋斗，现在我能够达成任何事。"

最后，朱太太向我们宣告她的理想："我今年的目标，就是拿出勇气开一家居酒屋。"

十几个人很热烈地鼓掌。

我跟朱太太熟了后，经常到她家里玩。她也经常送一些自制的熏鸡脚和鸡翅什么的给我吃。我在她家里认识了很多人，看到了很多之前无法想象的人生和风景。给我印象最深的是那个姓马的女人。

有一天，朱太太让我去她家。她说我读的书比较多，又学过心理学，也许懂得如何开导她的一位新朋友。她很高兴这位新朋友也加入了创价学会。我喜欢安慰人，就接受了她的请求。她打了一个电话。不久，她的新朋友就来了。新朋友的名字叫马利。我想知道马利有什么苦恼。马利说她跟丈夫经营的饭店倒闭了，因为欠了将近四个亿的债，所以天天都有电话来催债和恫吓，丈夫吓得跑掉了。她用"人间蒸发"来形容丈夫的失踪。我觉得她的情形跟朱太太的情形很相似，但是朱太太说马利欠债达四亿，而她只欠了一百万，并且还是从朋友那里借来的。

我想我帮不上马利的忙,对她说:"对不起,我从来没有经历过这样的事,连听说都没有。关于债务的事,我想最好还是跟律师谈。"

她说这么多的债,不知道律师肯不肯帮忙。我说总得讨个说法,但如果不给律师打电话,不问问的话,就什么出路都没有了。她说对,答应我尽快给律师打电话。关于她丈夫,我尽量安慰她,说失踪不过是一时的策略,或者就是为了找出解决方法,才躲到没人知道的地方去冷静一下的。我让她等,说时间会解决一切问题。朱太太也在一旁安慰她,说她丈夫失踪,是池田大作老师给她的一次考验,只要经受得起这一次考验,池田大作老师一定会来拯救她的。我附和朱太太说:"对啊,就把这件事看成是一次考验吧。"想不到朱太太突然对我说:"秋,我看你也加入创价学会吧。"

不过我回答说:"关于这件事,还是以后再说吧。眼前先解决马利的事。"

过了没两天,我去朱太太家玩的时候,又碰上了马利,看上去欢天喜地的样子。问她有什么进展了,她回答说:"我真傻,得感谢你让我问律师呢。"接着她高兴地告诉我,日本有一个法律,欠债而还不起的话,可以宣布自我破产。手续一旦成立，就等于破产人失去了社会的信誉，五年内不能再起业，不能办信用卡，不能做警备员等工作，但是五年后，一切都恢复正常。最主要的是，破产人所欠的债务全部都免还。我劝她去找律师，当然相信律师会给她找出解决的方法，但没想到那么一大笔的债就这么一笔勾销了。我问她有没有丈夫的音信，她说她丈夫已经回家了。我半天没有说话。过了一会儿，她说有许多事等着处理，得赶紧回家。往外走的时候，她将两只手臂伸向天空，一边转圈一边说："五年后，我跟丈夫就可以再起业了。"朱太太看着她大笑。我说我也该回家了，跟着马利出了朱太太的家门。在楼梯口，马利跟我分手时，对我说："一定是池田大作老师安排你见我，让你转告我找律师的。"我苦笑着对她说再见。

过了没多久，朱太太又让我帮一个叫小百合的女人的忙。小百合也住在中华街，当天就带我去她家玩了。没想到她家非常热闹，除了她跟她丈夫和儿子，她弟弟和弟媳也在。她丈夫和她弟弟都是厨师。她让我留下来跟他们一起吃饭，我一个人，难得有这么热闹的时候，想都没想就同意了。她丈夫是饭店的正式社员，房子是公司的宿舍，煤气水电费统统由饭店报销，所以他们在用水用电的时候很不节制。

吃完饭，她说要带着儿子去附近的公园玩一会儿，我知道她想在外边跟我说话，就跟着一起去了。在公园，她对我说，希望能够将一部分信件存放在我家里。我没说什么，但表情上能够让她感觉出我的疑问，于是她跟我述说了理由。

小百合是从黑龙江来日本的。她父亲是第二次世界大战后被遗留在中国的日本孤儿。日本战败后，因父母双双在战争中死亡，或者跟父母走散的孩子，被中国的养父母抚养成人。战败当时，未满十三岁的人被称为残留孤儿，满十三岁以上的女子被称为残留妇女。一九七二年中日邦交正常化后，大多数日本孤儿恢复了日本国籍回到日本生活，少数人仍然以中国国籍生活在中国。

还是回头说小百合。她来日之前喜欢上当地的一位医生，但医生拒绝跟她恋爱。不久前，小百合回国探亲，偶然在街头与这位医生相遇。说起来真像电视里的连续剧，小百合对当年遭到拒绝的事依旧怀恨在心，于是有意勾引医生，并想在医生上手后就甩掉他。但是，她自己也没想到竟然会旧情复燃，理由是那位医生这一次真的爱上了她，为了跟她在一起，不惜跟太太离了婚。只要她在日本，每天都会收到来自那位医生的情书。

小百合真的是蠢得一塌糊涂，一本正经地对我说："爱是不能忘记的。无论如何，初恋是无法取代的。"

我相信了，恋爱中的女人，意识都不是清醒的。如果我说那位医生是想通过她走出农村来日本，我想她也不会相信的。爱情是魔，一直萦绕在大脑深处，制造出幻影，而幻影是没有止境的。说起来是几年前的事，小百合喜欢上一家饭店的厨师长。用现在的话说，厨师长属于单身赴任，太太和两个孩子都留在香港。小百合对他的爱近于疯狂。后来，当小百合跟他闹离婚，他找我帮忙劝说小百合，我顺便听了很多他跟小百合的故事。有一个故事是，一次，他回香港探亲，小百合送他去车站。他乘的电车奔驰起来后，小百合跟着电车跑，一边跑一边哭，悲伤至极。他说小百合的行为深深地打动并感动了他，为了使小百合如愿以偿，他横着心跟太太离了婚。后来呢，他这样对我说："你都看到了，我跟小百合结了婚，有了孩子。"我问他在香港的两个孩子怎么样了。他说亲权在母亲，但是他每个月都会给抚养费。我觉得小百合已经让他受到了惩罚。他也是这样想的。他还指出，再也不能让眼前的孩子失去父亲了，因为他很了解小百合，知道她爱上一个男人后的样子。照他的意思，只要小百合不离婚就够了。我答应帮他劝劝小百合。

但小百合不久前回了一趟国，其实就是跟那位医生同居。回日本后，她整个人都变了，从早到晚魂不守舍。来我家看情书的时候,跟我说的都是医生的事。她说医生到底是大学生,跟没有读过书的人不一样。她举了好几个例子,说早晚刷牙的时候,医生会将牙膏挤好在牙刷上。农村的房子没有浴室,怕她不习惯,医生每天烧好热水,亲手给她洗脚。最主要的是晚上,医生跟她做那件事的时候,跟厨师丈夫不同,不是自我满足一下就完了,而是花时间满足她,让她感受快乐和兴奋。她对我说:"你知道,爱跟性是分不开的。"

爱情令小百合变得乱七八糟。她找我谈了一次话,说要偷偷地去黑龙江:"万一厨师丈夫问起我的去向,你千万不能告诉他我去了哪里。"我说好。当天晚上,她的厨师丈夫让我去他家,我立刻警惕起来。但事实是他已经猜出小百合去了哪里,只是想跟我说说话而已。他说很后悔跟在香港的太太离了婚。我的回答是后悔也无法改变现在的处境,问题是今后怎么办,什么样的选择才算最善的解决方法。他说对。他说让小百合去尝试这段新的爱情吧,过一段时间,也许她的热情会淡下来,再一次回到他身边,这样现在的家庭就会保住,孩子也不会失去父亲。他给我的感觉是,小百合离开他无所谓,但他的人生经不起再折腾了。

然后他问我:"像我这样的男人,如果再离婚的话,还有机会结婚吗?换了是你,会爱上我这样的男人吗?"我说不知道。于是他对我说:"秋,你一定不要爱上我这样的男人。"我想我不会爱上他,但是很想拥抱一下他,很想安慰安慰他。我的心里有一个声音:为了你爱的人去献身,这种行为很伟大,但是你能忍受日后的那份孤独吗?据我看,真正的痛苦都源于欲望,而欲望是无法控制的。我离开时他谢了我。对他的事我很难过,我没有回话,向他伸出手,他不好意思地握了一下。

这之后,我好久没敢去朱太太家。

31. 插曲

昨天,教授打电话给我,说想一起吃个饭,我很高兴。他约我明天中午十二点在帝国酒店的"中国美食北京"见面。

我是乘电车去的,在日比谷站下车,走两分钟就到了。我还是第一次到日比谷,到的时候提前了半个小时,于是去附近的日比谷公园转了一圈。说真的,一走进帝国酒店气派宽敞的大堂我就紧张了。电影《捍卫机密》中,基努·里维斯即兴说了这样的一句台词:"我要穿东京帝国酒店洗过的衬衫。"我觉得这是他的"帝国酒店的情结"。走进饭店的时候,教授已经坐在饭桌前了。打过招呼，我听从服务员的引导坐在教授的对面。等上菜的时间，教授开始跟我说起有关于帝国酒店的一些美谈，比如"服务员走路不带风"、"仅仅是待在帝国酒店里就已经很舒服了"。后来，在日本待久了，我知道帝国酒店其实是一家地道的迎宾馆。不知道是不是偶然，服务员没有女生，都是年轻的男孩，穿着红色的燕尾服和黑色的西裤，黑皮鞋，戴船形帽，腰间系一条白色的围裙。

因为是正午，这顿饭吃得慢悠悠的。喝红葡萄酒的时候，我说好喝。吃菜的时候，我说好吃。至于"好"在哪里，我说不清楚，反正是那种一心只去享受的"好"。吃饱了，教授说跟我一起去石川町，以为他想逛逛中华街，结果到了石川町后，刚出站他就叫了一辆出租车。以为是送我到家，但他并没有跟我要地址，正想问他，车已经停在路边了。下车后，他带我走进一栋看起来很普通的公寓。进大门口，正面是深色的窗帘，帘下有一排按钮。他按了一个闪亮的钮，于是有一只手从窗帘下递出了一把钥匙。我意识到这里是情人旅馆，而那些按钮是房间的号码。我想阻止，但默默地跟他去了房间。

整个天井都是镜子，抬头的话能看见房间里的一切。我看到教授很熟练地从床头的小冰箱里取出两罐啤酒。我坐到沙发上，用手推回他递给我的那罐啤酒说："对不起，我不想喝。"这时候，我怕喝酒而导致乱性。

他自己喝了一口，对我说："我想看。"他犹豫了一下，接着用手指在桌子上写了两个字，我看出是"裸体"。

我说："如果你提前告诉我，我就不会跟你来这种地方了。"

"你不愿意？"

我点了点头说："是。"

"你不愿意我不会勉强你。不过，将来你想写小说的话，这种地方也不失为一个好的人生舞台。"

"你经常带女人到这种地方来吗？"

"不是经常来，但没少来。"

我说："就是为了看女人的裸体吗？"

"我从来不花钱找妓女，而是把我喜欢的女人带到这种地方。我喜欢漂亮的女人，喜欢漂亮又聪明的女人，喜欢跟这样的女人上床。"他突然笑起来，"你是漂亮又聪明的女人。"

我说："我的一个朋友告诉我，日本人中真正好色的有三种人，医生、大学教授和警察。我朋友还说，跟这三种人打交道的时候，一定得提防点儿。"

"提防什么？"

我说:"我就是因为没有提防,所以被你带到这种地方来了。"

他哈哈大笑。不过我自己从小冰箱里拿出一罐啤酒喝起来。我们聊了很多。我从来没有这么仔细地端详过他的容貌。他有着粗粗的眉,像弯月。眼镜下的目光透出慈祥和睿智。谈到我,他说下个星期有一个学术会在金泽大学召开,希望我跟他一起参加。他让我不用担心差旅费,因为金泽大学会出钱。我说我又没有被邀请。他说每个教授可以带一位助手参加会议。我立刻就答应了。听说金泽非常美,兼六园和松风阁庭园等非常有名,早就想去看看了。决定离开的时候,他突然问我是不是第一次来情人旅馆。我说是。但这不是真话,我跟翔哥去过"富士"。他说情人旅馆不仅仅是"偷情"的地方,恋人或者夫妻也会利用。为了我能够理解,他举例说明。比如房间少,夜里只能跟孩子同房的夫妻,基本上会定时利用情人旅馆。他这样说,我在走出公寓大门的时候,觉得心理上轻松了不少。

教授想叫出租车,但是我想走一走。其实,这家情人旅馆离车站和我家都不远。途中路过山下公园,大海衬着蔚蓝的天空。天空下的日本邮船冰川丸非常醒目。我们穿过"穿红鞋的女孩"的铜像,穿过"印度水塔",很多人坐在长椅上读书。空气中充满了宁静。

我跟教授也在一张长椅上坐下来，温暖的阳光晒得我迷迷糊糊的，很舒服。我不断地说山下公园美。我感到教授也喜欢山下公园，可是他不怎么说话，不时地朝我笑。不过我真的觉得很幸福，周围是阳光大海和寂静。

我问他："人的一生中，什么东西才是重要的呢？"

他盯着远处的海面，回答说："第一是酒；第二是工作；第三是女人。"

我说："那你活着的目标是什么呢？"

他回答说："如何使自己快乐。如何使自己的明天比今天快乐。如何使后天比明天快活。"

"那么，你最大的安慰是什么？"

"健康。"

教授打了一个哈欠，我知道该回家了。我说让他白花钱的事挺不好意思，他却谢了我。他说他可以再待一会儿，但我已经站起来了。他跟着我站起来。我跟他告辞，想告诉他，有那么一个瞬间，就一瞬，我曾经冲动过想抱一抱他。但是我没有说。

回到家，电话机里有好多留言，都是翔哥的声音。我觉得已经好久好久没有跟翔哥见面了。

32. 是死是活总得试试看

我跟翔哥的关系正在发生着一些变化。实际上，我也想跟他面对面地坐下来，说说心里话，但真这样做，又令我担心反而把事情闹得更加糟糕。卢梭说过一句话："人生出来本是自由的，然而到处受到羁绊。"自那天去翔哥家过夜，我在心理上似乎出现了问题，觉得他太太在他心目中的位置，远远凌驾于我。他几次跟我说"正在跟太太办离婚手续"，开始我相信，但渐渐觉得他是在跟我说假话。因为，每次在两者之间不得不伤害某一方的时候，他肯定选择我。而我呢，为了不失去他，即使受伤也在所不惜，甚至自我欺骗，想象他是一个和平主义者，不喜欢跟女人吵架什么的。在我的内心深处，如果不是我跟翔哥两个人的问题，而是他太太的问题的话，就会无法忍受了。

话说我哥哥就快来日本了，他太太和孩子也快从台湾回来了，我跟他见面越来越不容易了。就在这个节骨眼上，有一天，他来我家，说晚上会留下来陪我，我真的是太高兴了。如果我没理解错的话，他是在试图弥补那天对我的伤害。正如他自己所说，接他太太的电话是为了站在"礼"字上，是为了"好说好散"。无论如何，他肯留在我家里过夜，说明他并不是百分百地在乎他太太，而这令我的心理得到了平衡。

他想到外边去吃饭，吃完饭再去情人旅馆，晚上才回到我家里睡觉。但我觉得这么折腾的话，会浪费很多跟他在一起的时间。我一直喜欢日本饭店里的那些套餐，一菜一汤一碗米饭，吃得饱又节约时间。今天我更加喜欢这种套餐了。吃完饭，天还没有黑，我跟翔哥舒舒服服地回到家，半睡半醒地躺在他的臂弯里，感受他的心脏一上一下的跳动，真想时间永远停止在这一刻。

他问我担不担心桥本会在隔壁偷听。我笑着爬起来，挑了一张CD，说放点儿音乐桥本就听不见我们这边的动静了。我问他是不是要出差，所以顺便来我这里，早上直接去机场。他说这一次不出差，也不去机场。我就吻了他。我嘱咐他，说话时尽量静悄悄的，动作时尽量无声无息的，他不出声地笑起来。

凌晨五点左右，他的手机响起来，我睁开眼睛，小声问："是不是又是你太太？"他点了点头。我说不是在台湾吗。他说是。我说干脆不要接电话了。他回答说不行。

真是烦人,他在电话里说的每一句话,都能让我猜出他太太跟他说的是什么。他说他昨天晚上接待了几个从香港来的朋友,还说这个时间不在家是因为没有赶上末班车。他说他已经从朋友宿泊的酒店出来了,正往车站赶,想坐始发车回家。

我闭着眼睛不动,血液一齐冲向脑门。我知道他要走了。为了不弄错,我问他真的要回家吗。他从被窝里出来,站着穿衣服。我对他说:"应该不会再来电话了,没必要特地赶回家吧。"

他犹豫了一下,然后朝我弯下腰,小声地说:"对不起。"我不知道应该怎样回话,故意将目光投向窗帘。外边应该亮了。他说了一句"再联系",匆匆地走掉了。

或许在被窝里躺得太久,我觉得头痛,脖子也有点儿酸。被窝里还留着他的味道,跟他身体上的气味一模一样。现在我相信,他到我这里来,只是为了满足他的性,是性方面的问题。在我跟翔哥之间,可能只有性。

我想喝点儿什么,但又不想动,四周真的是"无声无息"了。一动不动地望着天井,不知不觉地天已经大亮。起来后,看到饭桌上还有昨晚临睡前喝剩下来的红葡萄酒。我把剩下的酒都倒在下水道里,倒的时候,觉得心里的感觉是既遗憾又复杂。之后我吃了一片面包。今天是星期六,毫无疑问富贵阁会来很多客,对我来说将会是极其繁忙的一天。

我该去上班了。十点钟之前的中华街非常寂静。我看见赵小姐正迈着匆匆的脚步朝富贵阁走去。外边的世界一切照旧,什么都没有改变,而我有一种被翔哥的"猫"踩死的荒诞的感觉。如果一定要死的话,我愿意被他踩死,而不是他的"猫"。

哪个是因,哪个是果。真正的问题并不在他那里,在我今后应该怎么想,会怎么做。从某种意义上来说,搞明白这一点并不是一件坏事。这件事早晚要解决。是死是活总得试试看啊。

33. 哥哥来日本了

哥哥来日本了。

翔哥说想跟哥哥见个面,我约他来家里一起吃晚饭。来日本后,我还是第一次买了这么多的肉和菜。说起来也许没有人相信,从小吃妈妈做的饭,然后在大学食堂里吃,然后在工作单位的食堂里吃。跟零儿结婚后,因为他很会做菜,我一直没有长进，至今不过会炒两个菜罢了。翔哥说他会做千层饼，我很高兴，这样我就不用做白米饭了。说起来，翔哥跟哥哥同龄，因为是这个原因，他跟哥哥好像有很多话可以聊。一边聊，他一边教哥哥做千层饼。面粉加开水揉成团，在砧板上醒半小时。醒面的期间，将葱切碎放碗里，加白芝麻。橄榄油烧开后倒进有葱和白芝麻的碗里，加喜欢的调料，拌均匀，然后将面团分成小份，擀成饼，然后在饼上撒葱花，然后将饼折叠成四方形再擀成饼，然后在锅里放少许油，油开了就开始煎饼。哥哥看了整个过程，指出千层饼跟妈妈做的葱油饼区别不是很大。我想起翔哥的老家也是山东，就告诉了哥哥。哥哥对翔哥说："难怪一看见你就觉得非常亲呢。"我对哥哥说："可惜你没有见过翔哥的爸爸，说话的语调跟我们的爸妈一模一样。"

仅仅是闻味道，就知道千层饼一定会好吃的。时候不早了，我们打开哥哥带来的老白干，准备干杯。没想到这时候有人敲门，原来是赵小姐。之前我拜托她给哥哥找工作，没想到她先来我家面接了。人还没进门，我已经听见她的声音："香气扑鼻，我来得正是时候啊。哈哈，来得早不如来得巧。"

一开始，翔哥只是听见她的声音，所以并没有什么反应，等看见她的脸，立刻将身体紧挨到哥哥的身边。我没有理由让赵小姐离开，只好向她介绍了哥哥。我介绍哥哥的时候，她用眼角瞅翔哥。想跟她介绍翔哥的时候，她比我先开口，说她认识李先生，还是李太太的好朋友。然后她问翔哥怎么会认识我，怎么会在我家。我觉得她真的很失礼，怕翔哥为难，赶紧抢着回答，说我认识翔哥的爸爸。我还说我跟翔哥的爸爸是同乡，都是山东人。为了听起来跟真的似的，我说哥哥来之前拜托翔哥的爸爸给哥哥找工作，但翔哥的爸爸却把这事推给了翔哥。翔哥正在帮哥哥找工作。我绕了一大圈，故意岔开话题，问她要不要"跟我们一起吃点儿什么"。

她看起来很满意，吃了一块千层饼就急着离开。我问她急什么。她说朱太太出了点儿问题，要去朱太太家安慰一下。她走了，我用日语对翔哥说："没想到她会来。不过哥哥也在，她应该不会多想。"

没过几天，赵小姐来找我，要我给她的女友李太太看手相。

我去了李太太开在中华街的那家点心店。李太太个子不高，脸上涂着厚厚的白粉，看不出有多大岁数。我根本不会看手相，看手相不过是一种游戏而已，对我来说，只不过是为了好玩。原则上，看手相不过就是心理学加上哲学，耍嘴皮子。

我问李太太想看哪个方面,是爱情还是事业。李太太把右手伸到我眼前,告诉我看婚姻,因为她老公从前年三月开始,突然喜欢在外边喝酒,虽然每天回家,回家也不多话,冷冰冰的。李太太用冷冰冰的声音对我说:"你能看出他为什么会变成这个样子的吗?"一种直觉触动了我。我突然想起翔哥也姓李,一下子明白了眼前发生的是什么事。看手相不过是赵小姐设下的一个局。我心里暗骂赵小姐"是个臭婊子",脸上却不动声色。我装模作样地握着李太太的手,问她:"坦白告诉我,你爱你的老公吗?"李太太回答说:"都这么一大把年纪了。老夫老妻还谈什么爱,怪恶心的。但是,我跟他在台湾结婚,又跟着他来到日本,孩子都有三个了,不想离婚是真的。"接着,李太太一双黑色的眼睛盯着我,一字一顿地说,"我有很多时间,用来等他回心转意。"

赵小姐坐在我的对面,也使劲儿地盯着我的脸看。我十分警惕,知道两个女人找借口骗我来看手相,目的是审判我。我来的时候是傍晚,店里面虽然开着电灯,但是我们坐在柜台的后边。头顶上的电灯因为是关掉的,所以好像坐在黑暗里。灯光下,一男一女在玻璃柜里寻找想要的糕点,商量的声音很大。我放下握了很长时间的李太太的手,告诉她，男人差不多都跟她老公一样，家花不如野花香。我认识的一位大学老师就说过，虽然都是鸡，但是，吃过了饲养的鸡，就会想吃山鸡了。为了打消李太太对我的怀疑，我故意撒谎，说我也有一个恋爱对象，是上海的男人，迟迟不跟我结婚，大概想多玩几年，跟李太太的老公是一个德行。赵小姐跟李太太都笑了，我还对李太太说："所以你不必担心，你老公在外边吃足了山鸡，自然就想着要回家了。"

分手的时候，我特意在李太太的店里买了几个月饼。李太太不肯收钱，赵小姐也在旁边帮腔，说几个月饼而已，就当是我帮忙看手相的一份谢意。我当然也爱贪小便宜，但是这一次不行，无论如何都得花钱买。我本来想在赵小姐那张漂亮的脸蛋上吐一口唾沫，但是没敢这么做。我把钱放在收款机那里，几乎是逃一样离开了李太太和赵小姐。

我离开点心店时，李太太和赵小姐送我到门口。一定是听说我有一个上海的男朋友，李太太看上去温柔了很多。李太太左右摇着她白皙的右手对我说："以后有时间的话，我们一起喝茶。"

其实，从李太太的点心店出来后，我老是控制不住地想她的脸。她的脸，老实巴交的，彩色照片般镶在我一片空白的脑子里，她脸上的笑容像缤纷的花，总是含笑摇曳在我的头顶。

34. 相信爱情的女人是傻瓜

跟教授去金泽的时候，感觉自己的心情像是在逃难。至于翔哥跟我和他太太的关系，我发觉并不像我想象的那么单纯。使我烦恼的是，我这个人还有"良心"，知道他太太爱他，根本没有离婚的意思，那么我再强求下去的话，等于是把自己的幸福建立在他太太的痛苦之上。但我的确爱翔哥很深，即便想离开他，也需要时间考虑考虑。在做出决定之前，我想把眼前的一大堆事先解决了。比如哥哥找工作的事，跟教授去金泽参加学术会议的事，过几天辞掉富贵阁工作的事，去东京的出版社就职的事。

学术会定在明天上午。我跟教授到金泽的时候已是下午。教授安排得很好，先是带我去有"厨房"之称的近江町市场，在那里吃了章鱼串和拳头般大的鲜蚝，之后去了兼六园。兼六园是日本三大庭园之一。值得一提的是，兼六园这个名字其实源自北宋诗人李格非的《洛阳名园记》，取其兼备"宏大、幽邃、人力、苍古、水泉、眺望"六个要素之意。我很想看"雪吊"，就是用绳子将树枝挂起来以防被大雪压断。可惜季节不对。回到酒店时天已经黑了。晚饭是在酒店里吃的。回房间前,教授在卖店买了几罐麒麟牌啤酒,他对我说:"去我的房间里喝会儿酒怎么样?"

房间很宽敞,除了沙发茶几,靠墙摆着一张大双人床。床单雪白雪白的。教授打开两罐啤酒,递一罐给我。"你还记得那家情人旅馆吧,"他笑着对我说,"我们在那里只是聊了聊天。"

我说:"当然记得。没想到你会带我去那种地方。"

教授说:"那一天在沙发上,我问你可不可以的时候,你的脸红起来,好像小女孩十分害羞的样子。我内心怜恤的念头一闪乎,那劲儿就过去了。我是个男人,不会勉强别人做那种事。"

我说:"幸亏你没做,不然也许我会教训你。"

"你会怎么样?"

我说:"也许我会用脚踢你,或者给你两个耳光。"

"中国女人就是厉害啊。"

我说:"跟国籍没有关系。如果双方有感情,做什么都行。"

教授迟疑了一下,问我:"你不喜欢我吗?"

我说:"喜欢。但是跟你想要的是两码事。这么说吧,我知道你跟学校事务所的那个女人是什么关系。大家都在传，说你为了跟她睡觉，不惜辞掉了年级主任的职务。在这一点上，我觉得很佩服你，是个男人。但你不能对所有的女人都出手。"

教授拿出一支香烟，点然后只抽了两口就放下了。他对我说："她是我公开的情妇。长得很美吧？"

我说："很美。但是你太太知道吗？你没想过离婚然后跟她结婚吗？"

"我有太太。她也有丈夫。我们的家庭都很完整。我们只是在一起吃个饭，然后上床。"

我问："上床就够了吗？"

"当然够了。"

我跟教授有一搭没一搭地聊着，不知不觉把买来的啤酒都喝光了。我跟教授要了一支烟，我还是第一次抽烟。我觉得烟很呛嗓子，抽了一口就放弃了。或许是酒精的原因，我觉得浑身发烫，太阳穴一跳一跳的。就在这时候，教授又用和那天一模一样的目光来看我了。真可以说是色眯眯的。然后他建议我跟他做"那件事"，但在得到我的承诺之前，希望我不要生气。

我对他说："你带我来金泽，我就知道你有这样的打算。"

他说:"那么你已经有心理防备了。"我点头。他笑了,不再说什么。我们就默默地坐着。过了一会儿,他说想再买几罐啤酒,我反对,说想看看电视。片名我忘记了,有一个情节我记得很清楚,是男女二人在房间里接吻。我想这时候看这种剧实在是太愚蠢了,于是关掉了电视。

教授对我说:"看来你永远不会跟我上床了。"

我说:"除非像彩票,你能中上一彩。"然后我接着问,"女人可以一辈子都依靠她所爱着的男人吗?"

他回答说:"世界上最不能得到保障的就是男女之间的事。问这个问题的你,可以说是一个傻瓜。"他拍了拍我的头,"你这个傻瓜。"

我沉默了许久,慢慢地有泪水顺着脸庞滴流下来,滑向耳际,永不停止似的。每一天自东方升起的太阳其实永远是那同一个太阳。或许想安慰我,教授问我真的不要再买几罐啤酒了吗。我说"时候已经不早了"。说真的,我觉得非常非常疲惫。可能我的样子看起来很困,他嘱咐我说:"你早一点儿睡吧,明天还有很重要的会议。"我也是这么想的。我必须喘一口气。回自己的房间前,我发现电视机旁边的花瓶插着几支红色的玫瑰花,鲜艳而浓重。我突然问教授:

"女人过了三十岁以后,是不是已经很老很老了?"他只是笑了笑,并不回答我的问题。我想他的态度是不置可否吧。

从教授的房间出来,我在昏暗的长廊上站了一会儿。这个时间的酒店寂静无声。我觉得有一种华丽的东西,叮叮咚咚地从心头滚落下来。教授房间的灯光还亮着。

35. 崩溃

星期六是我去富贵阁最后的日子。我买了好多礼物,给柜台的,给五楼的,给四楼的,给三楼的,给二楼的,给一楼的。赶上附近的元町购物街大拍卖,我跟阿珠约好了一起午休,不吃饭,去元町买衣服。元町跟中华街只隔着一条很小很小的河,走五分钟就到了。但元町有着跟中华街完全不同的风情。奢华欧式建筑中,林立着很多精品商店。举例来说的话,一直流行不衰的三大品牌,MIHAMA的鞋,KITAMURA的包,FUKUZO的服饰,都在元町有专门店。每年搞两次惯例大拍卖,每次都会吸引四十到五十万游客。

我跟阿珠直奔FUKUZO店,这是我们约好的,因为我们只有一个小时的时间。整条街人山人海。阿珠教给我一种快速行走法，就是走路的时候侧着身体，哪里有缝隙往哪里钻。我说我们这样会让人觉得没有教养，她大笑，说："不这样就来不及了。"

她笑的时候，我的心又痒痒了。我学着她的样子往前钻，一边对她说："今天我也豁出去了。没教养就没教养吧。"

我们如愿以偿，很快就到了FUKUZO的店门口。阿珠问我打算花多少钱。我说几万日元。她很惊讶，认为我的预算太高了。但是我就要去出版社上班了，多买几件好看的衣服也是必然的事。

人多，加上天气好，加上是正午，头顶和脚下都是热气，我觉得喘不上气来。阿珠开始牵我的手，拖着我往前面钻。但就在这时，我看见翔哥跟一个女人并排地走在对面的马路上，并认出那个女人就是让我看手相的李太太。翔哥的手里拎着好几个大纸袋。有那么一瞬间，我的身体僵住了。阿珠问我怎么了，但是我什么都没有说。翔哥跟他太太正穿过马路，慢慢地朝我这边走来，离我越来越近了。因为是跟着阿珠走，我没有办法改变自己的步伐，只好赶紧低下头。翔哥跟他太太没有注意到我，与我擦身而过。三个人并排的时候，我紧张得快晕过去。不久，阿珠对我说："终于到了。秋，我们要速战速决。"

回来的路上,阿珠一个劲儿地嘲笑我,说我预算那么高,结果一分钱都没有花。我一句话也说不出来。明明是走出购物街,感觉上却好像在穿越重重障碍。回到富贵阁,一屁股坐在椅子上,这时候脑子才变得一片空白。我在五楼帮忙,增山问我怎么了,为什么脸色苍白。我呢,如果头顶真的有一个圈套的话,一定会毫不犹豫地将脑袋钻进去。我难受得受不了。我知道这时候哭是愚蠢的,但是泪水却断了线般地流下来。增山让我去休息室,我说了句对不起就接受了。我知道翔哥有太太,我也见过他太太,但是亲眼看见他跟他太太在一起,我的心就破碎了。我敢肯定地说,我更希望没有看见他跟他太太在一起时的样子。明显的是,我彻底崩溃了,而且比自己想象的崩溃。

　　晚上,哥哥买了一串香蕉给我。他对我说:"吃不下饭就吃个香蕉吧。"哥哥不理解我为什么要哭。实际上我跟哥哥解释也没有什么意义。因为是在自己的家里,我哭得酣畅淋漓。

36.那么拼命干什么

一天接着一天。时间过得真快。一个星期后,四月一日那天,我就要去东京的出版社上班了。之前胜见美子帮我在东京的反町车站附近租了一间新房子。后来才知道新房子其实也是她自己的房子。只有一个房间,但是有八叠榻榻米大,有厕所,有浴室,有厨房,正所谓麻雀虽小五脏俱全。因为房间配带冰箱,我跟哥哥提着各自的旅行箱就把家搬好了。赵小姐帮哥哥找的在饭店洗碗的工作不得不辞掉,胜见美子又帮忙给哥哥找了一份新工作,在一家日本饭店打杂。听哥哥说里面就他一个外国人,临时工是"一帮老娘们",都对他很好。事实证明了哥哥说的是对的。不久,我应该称为"哥哥的工友"的两个女人来家里玩,我买了酒,哥哥亲自做了几个菜,欢谈了好几个小时。

三月二十六日。翔哥本来说到反町来看看我跟哥哥的新家,但是之前来电话说"那个女人"要他陪着买东西,只能改日再见了。

三月二十七日。朱太太来电话,说她刚刚开的那家居酒屋，一开始生意不太好，想跟我借几十万日元。我告诉她，因为哥哥刚来，加上刚刚搬家，手头已经没有多余的存款了。但是，虽然不能借钱给她，上个月借给她的二十万日元就不用还给我了。她对我说谢谢。然后，她说小百合刚离婚没有几天，昨天又回黑龙江了，说是跟那个医生举办婚礼，估计新丈夫很快就会来日本。我问小百合的儿子跟谁。她回答说跟爸爸。我松了一口气。我想孩子跟爸爸比跟小百合更令我放心。

三月二十八日。翔哥来电话约我四月六日去上野看樱花。那天是我的生日。其实，每年当我过生日，樱花正好开得最灿烂，正好快凋谢了。

三月二十九日。今天什么事都不想干，想做一个闲人。正午十二点了，我还躺在被窝里。我肚子饿了，但是又不想起床，干脆在被窝里吃了一块巧克力，一个苹果。之后不得不起床，因为要去厕所。两点左右，一家华文报纸的记者打电话来。记者是一个花容月貌、天生丽质的女人。我很喜欢听她说话，她的声音令我想起美丽的黄金海岸。她对我说："你这个懒虫，这个时间了还在睡觉啊！"我说我没睡觉，只是躺在被窝里而已。说起来，我跟她也算"一见钟情"，但如果没有什么具体的事情，彼此也想不到对方，好像是对方生活中潜在的幽灵。她问我在被窝里干什么,我说看香港录像。她问是什么样的录像,我说是香港连续剧。她大笑,问我答应回答她的那个问题,想好了没有。

我欠起身,一边用闲着的那只手扯来睡裤套到腿上,一边回答说:"没有。"

"你是不想帮忙了吧?"

我已经走到洗面室,发现镜中清晰地显示出一张女人的脸,肿而惺忪。我回答说:"随你怎么想。"说话时我用手将右眼角往上推,镜中女人的右眼便成了吊梢眼,右边的脸看起来比左边年轻了很多,连眼睛都生出一种横泼的风情来。我忍不住笑起来,想象镜中变了形的女人的脸很像一个有挣扎、有忧愁、有冒险的故事的开头。

然后她说正在报社里,周围有很多人,一大堆工作在等着她,就挂掉了电话。想象她常常挂在脸上的婉转绝望的神情,好像落日中徐徐降下去的弧形的无骨的白皙手臂,突然想写一部小说。有的时候想躺着,躺着的时候又被回忆或小事偷去太多的心思。古时候有一出戏叫《梅娘曲》,说梅娘这个女人有向上的希望而浑然不觉,匆匆忙忙,各处跑了一趟,在大雨中颠簸,最终死在忏悔的丈夫的怀中。我对这出戏只有一个感触,就是那么拼命干什么。

三月三十日。我跟哥哥买来绞肉和韭菜,包了很多饺子。不知道为什么,忽然非常想家。

37. 在不忍池不忍分手

那时候,我来日本三年多了,一共赶上了三次樱花季。所谓樱花季,就是指每年的三月底到四月初。话说第一个樱花季,因为我刚到日本不久,暂时借住在胜见美子的家里,没有工作,每天在寂寥杂沓的人流中闲逛,看到的都是摩肩接踵的陌生的面孔,所以心里觉得阴郁并且孤独。那时的我,是准备随时离开日本的。不要说去哪里赏樱,连樱花的形象都只是一个苍白的影子。第二个樱花季,我正在富贵阁端盘子,属于半工半读的状态。我的第一次赏樱,就是这个时期。因为经常跟增山等几个身穿和服的日本女人在一起,有机会了解到一些樱花方面的知识。最早令我感到惊讶的是"樱花茶",也叫"樱汤"。富贵阁经常有客人举办订婚宴和大型的结婚宴会。而日本人在订婚的时候,是一定要喝樱花茶的。我想"花开"是对准备结婚的新人最好的祝福吧。

还记得我第一次见到樱花茶时,真的是非常兴奋。那几个被我称为"姐姐"的日本女人，将一个个略呈粉红色的湿漉漉的东西放在茶碗里。开始的时候，我并不知道那个东西是什么，但是，当日本女人将热水静静地注入茶碗后，那个东西开始像花瓣似的伸展开来，不久，小小的茶碗里盛开出一朵朵美丽的樱花。我想将"开花"的过程形容为绽放，因为是一点儿一点儿开的，看起来很飘逸，令人有春心荡漾的感觉。还记得我尝试着喝了一口，几个日本女人都看着我笑。增山对我说："秋，你还没有结婚，今天喝了樱花茶，以后定亲的时候喝什么？我怕你没有机会结婚了。"

实际上，樱花茶是用盐腌制的，用开水泡开后，不甜不咸，我一点儿也不喜欢。增山告诉我，樱花除了做成茶用来相亲送礼，还用来做成其他的食品。比如，将樱花凋后而结成的黑色果实压碎了泡酒，称之为"樱花酒"。将盐腌过的樱花树叶用来包糯米饼，称之为"樱花饼"。此外，樱花还有药用之处，酗酒过度或不小心中了毒，"樱汤"可以解酒解毒，差不多是家家必备。

日本有几处有名的赏樱场所。一是东京皇居附近的千岛渊，一是东京的新宿御苑，一是京都的祇园，最后剩下的就是东京的上野公园了。我两次赏樱，去的都是上野公园。赏樱时，常常会有一部分人因酗酒过多而闹事，所以，除了上野公园允许通宵达旦地流连之外,其他的几个场所,都以与皇室有关或维持地方格局为由而禁止。《万叶集》里有大段对"百花宴"的描写。"百花宴"其实就是赏樱。也许跟《万叶集》的倡导有关,不仅仅是文人墨客,甚至达官贵人都对赏樱趋之若鹜。《芭蕉七部集》中,也点名道姓地描写了上野公园的赏樱实况:"上野樱花会,连日到通宵;笙歌处处闻,男女乐陶陶;花蝶飞舞里,月下醉人潮。"

我感到百思不解的是,为什么在京都的公宫神社中,每年四月的第二个星期天,都必以樱花为名举办"平安樱花祭礼"?为什么多少年来,日本武士千古不变地将樱花视为"彼岸"的接点,并特地选择樱花季的时候剖腹自尽?

第一次赏樱,是因为那天觉得一个人无聊,想找个地方玩玩。既然是四月,就想到上野公园的樱花。不巧的是,我到了上野公园后,天突然变了,开始是刮大风,接着是下大雨。不知是风雨迷离,还是风雨之下雪一般飘落的樱花迷离,我觉得自己是站在纷飞的樱花雪下。慢慢地,我觉得有一种深埋在心里的悲戚,一股脑儿地喷涌出来,仿佛心一下子被抽空了,泪水夺眶而出。难怪日本著名的摄影家伊藤后治说:"关于樱花代表自然界似幻似真的神秘之感,使日本人每年一度被自然界的神秘美感所掌握,造成几近发疯的精神状态。"樱花盛开，但转瞬即逝，但逝时美丽至极。日本有一句话说"樱花七日"，就是说樱花从开花到凋谢，只有短短的七天时间。花开时灿烂，花落时无情，所以生出悲恋。在最美的那一刻凋落，令人联想到人的生死，所以樱花在日本也被称为"死亡之花"。视死如归，毅然决然。一代风流，当数日本武士。在樱花树下自杀，做鬼也风流。

翔哥约我在JR线上野车站的检票口见面。上野公园到底是赏樱的名胜，检票口可以说是人山人海。翔哥先发现了我，于是走过来跟我打招呼，之后问我为什么没有把哥哥一起带来。我也想过带哥哥看樱花，但今天我有话要跟他谈。我说的是"谈"。哥哥在的话，"谈"起来不方便。

公园里已经是沙丁鱼状态，我跟翔哥随着人流一步步地往前蹭。"樱花通"搭了一个临时的戏台，上面有一个女巫打扮的人在跳舞。我被她的舞姿迷住，拉着翔哥挤到台下。我觉得女巫的服饰也是迷死人。朱衣白襦。朱和白是《源氏物语》中白牛驾朱红车的那种朱和那种白。巫女一转身走近我跟翔哥，三步五步，似潮似涌似汐。我跟翔哥来公园的时间是二十世纪，但千年的仙鹤再一次归来。今夕是何夕？舞者自舞，唱者自唱。说真的，舞者表达的是什么，我不太看得懂。我想翔哥也未见得看得懂。芭蕉在俳句中写道："在樱花盛开时期的阴天传来的钟声,是来自上野抑或是浅草。"但今天是个晴天,灿烂的阳光与灿烂的樱花相互辉映。

今天,翔哥穿了件灰色的外套,脚上是一双黑色的休闲鞋。我的脑子里一直在想那天在元町看见他的事,想那时候他的样子。那天他穿的也是这件灰色的外套。我在车站见他的时候,很想马上就找个地方跟他摊牌,不问他是否爱我,就问他到底会不会跟我结婚,但现在我决定先感受一下遮天蔽日般的壮丽景象。

走过"樱花通"就是位于南端的上野公园的不忍池了。不忍池被土堤分为三个部分,其中的一个部分是船场。翔哥说想划船,我立刻就答应了。船有三种,划桨船和脚踏船以及天鹅船。脚踏船和天鹅船有屋顶和方向盘。他问我选什么船。我毫不犹豫地回答说脚踏船。我想有屋顶的船可能更加方便我跟他摊牌。

船到池子的中心,翔哥问我有没有注意到,坐在船上,放眼望去,可以将公园的美景尽收眼底。我也发现了,从不忍池的角度看,上野公园是一个神秘而美丽的世界。有那么一会儿,我跟他都不说话。他故意把船开到人最少的地方。天更蓝了,我有了一种冲动,想下水。他把手放在我的腰间,我没有说话,慢慢将呼吸恢复到正常后,突然问他到底想不想跟我结婚。他沉默了一会儿，说他也想跟我结婚，但说到能不能结婚的话，大概还需要我等几年。我问为什么。他说结婚是一件很大的事，要两个人绑在一起。我不吭声。他也一声不响地看了我一会儿，接着说："我的计划是将来退休了以后再考虑。"

他的回答使我十分惊讶，我觉得，我跟他之间已经没有什么好说的了。但是他跟我谈起他的建议，说他退休后想跟我在一起，要么在日本生活，要么去北京，随便我去什么地方。他说如果我不相信他的话是真的，他愿意马上给我一大笔钱，让我在喜欢的地方买房子。他问我："你不愿意等我吗？"

他这样问我，只会令我觉得伤心。我想起问他一个一直想问的问题："你到底是干什么工作的呢？"

他说在池袋开了一家台湾物品店，除了卖台湾特产，还出租港台录像带。我问他货源怎么办。他说他太太每个月回台湾一次。我想他跟他太太才是真正绑在一起的。我对他说："很伤心我不想等你了。再鲜艳的东西都不能跟时间相抵。今天，就在不忍池，我们就分手吧。"

他说："你一定要这么做吗？"

我说是。然后我感谢他这么多年以来对我的照顾。他问我:"你为什么就不能等我呢?"

我不知道应该怎样回答这个问题,对他说:"我说过你这样问我会令我伤心。"

我觉得,我跟他的关系真的到此为止了。我累了,我觉得离开他比等他容易。

有时候我会想,如果他太太不找我看手相,如果那天在元町没有看见他跟他太太走在一起,我会等他吗?从某种意义上说,女人愿意等,是因为女人知道对方真的爱她。

但我还是难过了好长时间,那时候,我刚学会了一个词,叫"及时止损",我想这是我为自己离开他能找到的最好的理由。

38. 爱,但是终结了

时间过得真快。经过了一个春天和一个夏天,我终于实现了为中日文化交流做贡献的愿望,企画并出版了一套日文版中国女作家丛书,我自己也出版了第一本日文版长篇小说。日本各大报纸相继介绍我的时候,有一天,我接到了一个电话。说真的,我很意外,没想到翔哥会在过了这么久后给我打电话。相互问过好，他说看到报纸上对我创作的介绍和评价了。我很高兴。他祝贺我的成就，然后问起我哥哥的状况。我告诉他，哥哥一边学习一边工作，日语说得相当不错了，也习惯了日本的生活。他沉默了一段时间，然后轻声地问我是否还"爱"他。从前提到"爱"，心里总会有些许伤感泛滥，但这次一点也没有。但是我感到了一种奇妙的气息，好像看到远处有一艘船触礁，而我站在满天的星斗之下。松过气后，一种情感潮水般涌上了心头。

我回答说："爱，跟从前一样。但是已经终结了。"

他问我："终结是什么意思？"

我想了一下，一时不知道如何回答。我不知道我如实回答的话，是否会让他感到难受。但是我觉得也没有必要跟他撒谎，或者隐瞒。他来电话的时候，正是夜晚，月亮清凉地悬在窗外的天空。

我对他说："我已经有了。"

他问："是男朋友吗？"

我说："是。"然后我加了一句，"是单身。"他不说话。我接着说："离开你，我回了一次国。乘飞机时，身边的男人跟我搭话。"

他"哦"了一声，表示听懂了。我犹豫了一下，还是放弃了问他是否离婚。没有话说了，感觉挺尴尬的。也许他跟我的感觉一样，因为他说了一句"再联系"，立刻就挂了电话。时光一去不复返了。

我躺到沙发上，潮水涌过，平静清凉地浸透了我的全身。夜凉如水。

翔哥来电话的事，我说给哥哥听了。哥哥是个能说会道的人，但这次却只是笑了一下。我不懂哥哥笑什么，也不打算往深处想。关于翔哥，我想我已经从心底把这个人洗刷掉了。

我每天忙着编书读书写书，一边还忙着恋爱。和翔哥在一起的时候是非常情，心里一直不踏实，不知道是不是这个原因，新的恋爱非常单纯，我主动一点儿，对方比我更主动一点儿，好像回到了初恋。

怎么说呢？虽然跟翔哥在一起的那些日子还留在过去，但我现在是从局外人的角度去看，感觉真是非常非常的糟糕，打一个比喻的话，那段日子就像我随身附带的一个伤口。我知道一般人对这种非常情的看法不好，但我比谁都清楚，这个隐秘的伤口对已经开始的新生活很重要。如果一定要说为什么重要的话，就是它改变了我对"爱"的理解。有时候，去爱一个人的时候，首先要爱的，恰恰是我们自己。